二見文庫

誘惑オフィス

橘 真児

目次

誘惑オフィス

第一章　満員電車の女

1

　今までどれだけの回数、こんな状況に身を置いてきただろうか。そして、これから先あと何度、こんなつらさを味わわねばならないのだろうか。

　会社からの帰路、満員電車に揺られながら、宇喜田貞夫《うきたさだお》は今日も憂鬱《ゆううつ》な物思いに耽《ふけ》っていた。

　そんなこと、考えるだけ無駄《むだ》だとわかっている。しかし、これを日常的な瑣末《さまつ》事として済ませられるほど、宇喜田は悟りを開いていなかった。

　もっとも、同じように日々満員電車で過ごすことを余儀なくされている人々は、この不愉快な状況をさほど深刻に捉《とら》えていないらしい。周囲に見える顔は、一様に諦《あきら》めを浮かべている。

それを目にすると、四十五歳にもなってまだまだ人間ができていないのだなと、劣等感すら覚える。不惑どころか、惑いっぱなしだ。

同僚に訊《たず》ねても、彼らはこういうときには無の境地にあるという。しかも、宇喜田よりも若い、まだ三十代の後輩たちが。

彼らはイヤホーンを耳に入れていても、べつに音楽を聴いているわけではないらしい。ただ外界との関係を遮断しているだけと話してくれた者もいた。

宇喜田がその境地に至るには、おそらく長い時間がかかるだろう。もともと神経が細かいのに加え、まだこの生活に慣れていないからだ。

だいたい、満員電車通勤を始めてから、わずか半年しか経《た》っていない。

(もっと近くに家を買えばよかったんだよな)

その後悔も、もう何度目だろう。

しかしながら、現実問題として彼の稼ぎでは、都心近くに家を求めることは不可能だ。何しろコツコツと貯《た》めた銀行預金を頭金に、二十年のローンを組んでようやく今の建売りを購入できたのだから。きちんと定年まで勤めあげ、退職金で残った分を払う計画である。

家を買うまでは、会社からそう遠くない賃貸マンションに住んでいた。天気が良ければ自転車、雨ならバスという具合に、満員電車とは無縁の通勤であった。けれど子供が生まれたことで、狭いマンション暮らしは難しくなった。妻が子育てには一戸建ての家がいいと強く主張し、それに押し切られるかたちで家を買うことになったのである。

知り合いの不動産屋に世話してもらったそこは、値段の割りには建坪が大きく、庭もある。静かな住宅地で環境もよく、妻はかなり気に入ったようだ。

住む場所としては、たしかに満点以上だろう。だが、問題は通勤だ。四十代半ばにして初めて経験する満員電車は、想像していた以上につらいものであった。

もっと早くに結婚し、子供を作っていればよかったのかなとも思う。

結婚願望がほとんどなく、宇喜田は一生独身でもかまわないぐらいに考えていた。それが七年前、派遣社員として自分の部署にやってきた十歳も年下の女性と意気投合して交際、ほとんどあれよあれよという間に婚約にまで至った。向こうも二十代の終わりであり、三十路《みそじ》前に結婚したいと焦りがあったようである。

ともあれ、それが今の妻だ。

彼女は早く子供を産みたいと言い、宇喜田も協力して子作りに励んだ。しかし、なかなかうまくいかなかった。

ところが、ほとんど諦めかけていたときに妊娠。無事女の子が誕生したのは、つい一年前のことだ。

愛する家族のため、一家の主としてこれまで以上に頑張らねばならない。それは重々承知している。

しかし、どんなに強い意気込みも、暴力的な人波の中では、くたくたと弱まってしまう。

（まったく、どうして東京っていうのは、こんなに人間が多いんだよ）

田舎者じみたことを考えながら、今日も宇喜田は両手で吊《つ》り革を握っていた。

仕事は持ち帰らない主義で、鞄《かばん》はめったに持たない。満員電車に乗るとき邪魔になるからでもある。

財布や携帯、定期などはすべてポケットの中。けれど自由な手を決して遊ばせてはおかなかった。

なぜなら、彼が満員電車で最も恐れていたのは、痴漢に間違われることであったからだ。

不埒《ふらち》な輩《やから》はたしかに存在する。けれど、痴漢として捕らえられる者がすべて実行犯とは限らない。

偶然触れただけだったり、たまたま現場の隣にいて罪を被《かぶ》せられたりと、濡れ衣の場合もあろう。また、示談金をせしめようとする悪女の罠《わな》に嵌《は》まるなど、完全な冤罪《えんざい》の場合だって考えられる。

そういう事例を週刊誌の記事で目にするたびに、宇喜田は絶対にそんな目には遭うまいと思った。無実の罪を着せられるのなど真っ平だし、たとえ後で疑いが晴れたとしても、他人から長く白い目で見られるのは確実だからだ。

いや、それだけで終われればまだマシだろう。場合によっては無実が認められず、犯罪者のレッテルを貼《は》られるかもしれない。

そうなったら、せっかく課長にまでなった今の地位を失い、妻子からも愛想を尽かされるだろう。身の破滅だ。

そこに、満員電車慣れしていないという要素が加わり、だからこそ、絶対に疑われることのないよう、宇喜田はいつも両手を挙げていた。近くに吊り革がないときなど、意味もなくバンザイをするほどだ。このあたり神経が細かいというか、心配性の人間にありがちな行動か。

こんなふうにあれこれ気にしすぎるから、いつまで経っても満員電車に慣れないのかもしれない。いい歳なんだからもっとしっかりしなければと思ったとき、電車が駅に到着した。

人波が追われるように動く。いくらか外に出たものの、また同じぐらいの波が押し寄せてきた。ぎゅう詰めの状態が変わることはない。

この路線は駅と駅のあいだが長く、しかも入れ代わり立ち代わりで客が乗降する。坐《すわ》れない限り、不快で疲れる状況が長く続くのだ。

さっきまで宇喜田の前にいたのは、年配のサラリーマンだった。彼が降りて、代わりにぴったりと背中をくっつけてきたのは、白いブラウスの女性であった。艶《つや》めく髪は栗《くり》色のショートボブ。襟元に見える首筋の感じからして、二十代後半から三十代頭ぐらいではないだろうか。

どうせ密着するのなら、男よりは女性、それも若いほうがいいに決まっている。けれど、痴漢冤罪を恐れる宇喜田は、喜ぶどころか身構えた。いっそ汗くさい男たちに囲まれたほうが、ずっと心安らかでいられたのだ。

絶対に離すまいと、吊り革をしっかりと握り直す。なるべくくっつかないよう、ふたりのあいだに隙間《すきま》をこしらえようとも試みた。残念ながら、その余裕はまったくなかったが。

(運が悪かったな……)

宇喜田はやりきれなくため息をついた。

比べると、身長は宇喜田のほうが五センチほど高いだろうか。しかし、女は脚が長いのか、あるいはヒールの高い靴を履いているのか、彼の股間《こかん》にふっくらした丸みが当たっている。

それが彼女の臀部《でんぶ》であるのは疑いようもない。しかも、意識するだけで心が乱されそうなほど快い丸みだ。

(くそ……平常心、平常心——)

ぴったりしたパンツか、それともタイトスカートを穿《は》いているのだろうか。柔らかくてもっちりした感触が、布越しとは思えないほどダイレクトに伝わってくる。

刺激されて分身がふくらんだりしないよう、宇喜田は魅惑のヒップを懸命に意識から追い払った。それこそ無の境地に至るべく努力する。

しかし、鼻腔《びこう》に忍び込んでくる甘い香りを無視するのは、至難のワザであった。

(どうしてこんなにいい匂いなんだ!?)

まさに官能的という形容がぴったりくる。綺麗な髪から漂うシャンプーの香料のみならず、ミルクのような甘い体臭と、首すじからこぼれる甘酸っぱい汗の匂いも混じっているようだ。

それらが溶け合って、牡《おす》を狂わせるフェロモンを醸成する。周囲には年配の男たちがいたにもかかわらず、そちらからの加齢臭は完全にかき消されていた。

気がつけば、宇喜田は美女——顔は見えないが、雰囲気《ふんいき》からしてそうに違いない。だからこんなにいい匂いがするのだと、彼は決めつけていた——の悩ましい香りを、胸いっぱいに吸い込んでいた。

(あ、まずい——)

分身が血液を集めているのに気がついて焦る。だが、一度はずみのついた昂奮は、どれだけ強靭《きょうじん》な意志をもってしても、抑え込むことは不可能だった。主人を無視して、そこはぐんぐんと伸びあがる。

「う……」

危うく声を洩《も》らしそうになる。膨張したことで感覚が鋭くなったペニスが、牝《めす》尻《じり》の心地《ここち》よい柔らかさに悦びを与えられたのだ。

(なんて気持ちいいんだ……)

情欲を煽《あお》られ、さらに硬化する。力強く突き上げる硬いブツに、当然ながら彼女も気がついているだろう。

(ああ、もう、どうすればいいんだ)

心の中で嘆いても、勃起《ぼっき》はおさまらなかった。むしろ痛いほどに硬化する。

出産以来、妻との営みは疎遠になり、セックスは数える程しかしていない。向こうが育児で疲れているせいもあるし、宇喜田自身も特に引っ越してからは、通勤だけで疲労が著しく、とてもそんな気になれなかったからだ。

もともと、浮気などできない性格である。加齢で性欲が減退したのか、オナニーに頼るほど切迫することもなかった。

だから、こんなにも強烈な勃起は久しぶりだった。疼《うず》きを伴って脈打ち、高まる欲望をあからさまにする。隆起がむっちりした尻肉にめり込んで、このままでは手を出さずとも痴漢と疑われるかもしれない。

(くそ、こんないいおしりをしているのが悪いんだぞ)

恨みごとのひとつも言いたくなる。何しろ布越しにもかかわらず、極上の弾力がリアルに伝わってくるのだから。

(ああ、たまらない)

電車の揺れにあわせて、肉棒が豊臀とこすれあう。そこはふっくらぷにぷにで、おそらくどんな男であろうとも、同じ状況になったら欲情するに違いない。魔性の尻と評しても大袈裟《おおげさ》ではなかった。

おまけに、なまめかしい牝臭も加わってのダブル攻撃。頭がクラクラして、目《め》眩《まい》を起こしそうだ。

(本当にまずいぞ)

どうにか目の前の女性から離れようと、宇喜田はあれこれ試みた。だが、ぎゅう詰めの車内では到底できない相談である。無理に動いたら、エレクトする分身と臀部がさらに密着することになりかねない。ますます窮地に陥るだろう。

いっそのこと、先に詫びておこうか。丁寧に説明すれば、彼女もわかってくれるかもしれない。

それが最善の方法かと思いつつも、実行に移す勇気が出なかった。寝た子を起こすことになりかねない気がしたのだ。

どうすればいいのかと焦る間にも、ペニスは勢いを増す。中心が熱く潤い、先走りが伝う感触すらあった。

そのとき、前の女がわずかにヒップをくねらせる。不審がられているのかと、宇喜田はドキッとした。

（やっぱり謝っておこう）

先手必勝だと声をかけようとしたとき、彼女の動きに変化が生じた。

（え——!?）

不埒な男から逃れるのであれば、尻を左右に振るものだろう。しかしながら、彼女は上下にクイッ、クイッと動かしたのだ。そのため、股間の隆起は双丘に導かれ、尻ミゾにすっぽりとはまり込んだ。

（まさか……）

宇喜田は驚愕《きょうがく》した。偶然そうなってしまったのではない。向こうの意思で誘い込まれたのだ。

現に、割れ目に牡の猛《たけ》りを挟んだまま、彼女は少しも慌てた様子がない。あたかも収まるところへ収まってくれたのを安心するかのごとく、じっとしている。

いや、正確にはまったく動きがなかったわけではない。

キュッ……キュッ——。

尻肉がすぼまり、迎えたペニスを愛おしむように締めつける。それによって隆起は谷間に埋《うず》まり、快い圧迫を与えられて小躍りする。

「む……」

宇喜田は太い鼻息をこぼした。それが女のショートカットを揺らしたものだから、必死で呼吸を押し留める。

(どういうつもりなんだ!?)

見知らぬ男の正直な反応を気の毒がり、窮屈だろうと受け入れてくれたわけではあるまい。品性の感じられる後ろ姿からして、痴女とも思えなかった。

だが、彼女の尻で悦《よろこ》びを与えられているのは事実だ。

勃起をリズミカルに挟み込みながら、女がまたヒップを上下に揺すりだす。圧迫と摩擦の施しに、宇喜田は呼吸が荒ぶるのを抑えきれなくなった。

噴きこぼれる鼻息が、栗色の髪をそよがせる。ナマぬるい風は、うなじにもかかっているだろう。男の性的な高まりを、彼女は当然悟っているはずだ。

(やっぱり痴女なのか?)

だからと言って、こちらから手を出すことはできない。ここぞとばかりに痴漢の罪を押しつけられないとも限らないのだ。相手はそれで示談金をせしめようという腹づもりかもしれない。

(謝るか?　いや、駄目だ)

ここまでになったら、もはや詫びを入れられる状況ではない。何しろ女尻に密着する分身が、ファスナーを突き破らんばかりの勢いで脈動していたのだから。これが見つかったら、間違いなく自分が不届きな行為に及んだととられるだろう。

そのとき、宇喜田はあることに気がついて愕然《がくぜん》となった。

（え、このひと——）

ブラウスの肩に、本来透けて見えるはずのブラジャーのストラップが見当たらない。そういうタイプの下着なのかと、身をできるだけ離して視線を下に向ければ、背中にあるはずのアンダーベルトもなかった。

（ノーブラだ！）

いや、肌色のパッドみたいなものを乳房に被せるだけの、谷間を矯正する下着があったはず。それを着用しているのかもしれない。

しかし、もうひとつの仮説に思い当たり、そうではないと気づく。

（このひと、パンティも穿いてないんじゃないか？）

タイトスカートかパンツかはわからないが、これだけ柔肉の感触が鮮やかということは、中に下着をつけていない可能性がある。もしくはTバックとか。

どっちにしろ、彼女はよりナマ尻に近いものを、牡の股間にこすりつけているのだ。

女はこちらを振り返ることなく、小刻みにからだを揺する。いくらかは昂奮しているのか、それとも人いきれで汗ばんだだけなのか、甘酸っぱい香りが強まった気がした。

(案外、おしりの割れ目をこすられて感じているとか)

これは痴女の公算が大きいと結論づけ、宇喜田は気が楽になった。こちらから何もしなければ、そのうち諦めてターゲットを変えるだろう。あとは好きにさせておけばいいと考えたのである。

(ま、いい退屈しのぎさ)

いくら気持ちがいいといっても、射精に導かれるほどの快感ではない。ちょっとしたサービスを受けるつもりで、鷹揚《おうよう》にかまえていればいいのだ。

安心したことで、いくらか大胆にもなる。女が漂わせる媚臭《びしゅう》を、宇喜田は遠慮なく吸い込んだ。うっとりする香りに胸を高鳴らせていると、間もなく電車が駅のホームにすべり込む。

まだ降りる駅ではなく、宇喜田はその場所を動かなかった。そして、女も相変わらずぴったりとくっついたままであった。

（好きにすればいいさ）

さっきまでの動揺などすっかり忘れ、与えられる快さを堪能《たんのう》する心づもりになる。動きだした電車の振動も、今は心地よいものに感じられた。

2

女が次の行動に出たのは、駅を出た電車が加速し始めてからだった。

「く──」

危うく洩れそうになった声を、宇喜田は歯をくいしばって堪《た》えた。女の手がふたりのあいだに入り込み、後ろ手で股間をまさぐってきたのだ。

（いよいよ我慢できなくなったのか？）

さすがにやめさせるべきかと思ったものの、ヘタに声をかけたらつけ込まれるかもしれない。今もペニスは硬く勃起しているから、こちらが痴漢扱いされる恐れは充分にあった。

何しろ、相手は得体の知れない女なのだ。

とにかく何もしないことが最善の方策だと、宇喜田は吊り革をしっかりと握った。手を出しさえしなければ、仮に疑われても無実が証明されるであろう。

女の手が高まりをすりすりと撫《な》で、キュッと握り込む。悦びが募り、宇喜田は腰をよじった。

（気持ちいい……）

久しぶりに味わう女性の手は、ズボン越しでも柔らかさが際立つ。巧みな指づかいで攻められ、分身はもっともっととねだるように小躍りした。

そこまでされれば、冷静でいることが難しくなる。

与えられる快感に翻弄《ほんろう》され、宇喜田は理性を失いそうであった。いつしか彼女の愛撫《あいぶ》にあわせて腰をくねらせ、膝《ひざ》を細かく震わせる。カウパー腺液が多量にこぼれるのもはっきりとわかった。

そしてとうとう、ファスナーがおろされる。忍び込んだ指は、慣れた動きでブリーフの前合わせも突破した。

（もう何回も、こんなことをしてるんだな……）

悦楽に支配された頭でチラッと考えたとき、猛る肉根が直《じか》に指の洗礼を受けた。鋭さを増した快感に、目がくらむようだ。

「く……」

耐え切れずに呻《うめ》きがこぼれる。と、女が浅い角度でこちらを振り返り、横顔が一瞬見えた。

（——え!?）

案の定、まったく知らない女だ。なのに宇喜田が驚いたのは、とてもこんな淫《みだ》らなマネをするとは思えない、生真面目そうな美貌《びぼう》だったからだ。秘書とか銀行員とか、堅い仕事をしていそうな。

（本当に痴女なのか……？）

押しつけられる無作法な男根を、ただ単に排除しようとしているだけではないのか。ヒップに挟み込んだのも偶然だったとか。

だとすれば、宇喜田はかなりまずい状況にある。

（もしも彼女が『痴漢です』と騒ぎ出したら、まわりの連中はみんな彼女を信用するに違いないぞ）

そう確信できるほど、女は理知的な顔だちであった。経緯を説明して痴女だと主張しても、誰が本気にするだろうか。

ただ、行動は間違いなく痴女のそれである。筋張った肉胴に指をすべらせ、敏感なくびれ部分も巧みに刺激する。一日の仕事のあとでかなりベタついているはずだが、少しも厭《いと》う素振りを見せない。

（どうするつもりなんだ？）

本格化する愛撫に、宇喜田は戸惑いと不安を覚えた。彼女の意図がまったく摑《つか》めず、これから何が起ころうとしているのかと怯《おび》える。

にもかかわらず、分身は相変わらず最大限の硬度と勢いを保っていた。

心を乱しつつ快感に身を委ねていると、間もなく強《こわ》ばりが摑み出される。女は手をはずし、再びヒップをこすりつけてきた。

（うわ……なんだってこんな——）

それまで手で愛撫されていたせいで、布のザラつきがやけに新鮮だった。お肉のムチムチ感もたまらない。割れ目に挟まれると、腰を動かしてさらなる悦びを求めたくなる。

女のボトムがパンツなのかスカートなのか、未だはっきりわからないものの、かなりタイトな衣類であるのは間違いない。それは尻肉の感触が鮮やかすぎることからも明らかだ。布地も薄いようである。

おかげで、自らの置かれた状況も忘れて、欲望のままに振る舞ってしまいそうだ。

すり……すり――。

小刻みに上下する尻が、もどかしさのつよい快感を与えてくる。布と一緒に割れ目に挟まれた陽根が心地よい締めつけを浴び、疼きがいくらか鎮められるものの、さらなる悦びを求める気持ちが募った。

(うう……たまらない)

先走りも湧出量《ゆうしゅつ》を増している。彼女のボトムにかなり染み込んでいるはずだ。昂奮の印が証拠として相手に渡ったわけであり、もはやどんな申し開きも通用しまい。

完全に深みにはまってしまった。あとは女がただの痴女で、ひとときの戯れを愉《たの》しんでいるのだと願うしかない。

高まる劣情に身を任せながら、尻割れに喰い込むペニスが布を押し上げていることに、宇喜田は気がついた。それにより、豊臀を包む衣類が少しずつずりあがっているようなのである。

(これ、タイトスカートだな……)

敏感な肉器官が得ている感触からして、間違いないだろう。そうすると、いずれは完全にめくりあがり、素のヒップに押しつけることになる。そんなことになったら、いよいよ後戻りができない。

宇喜田は彼女の動きに同調した。摩擦されることのないよう、布地を押し上げることのないよう、同じ振れ幅で上下に動いたのだ。これならペニスはただ密着しているだけで、事態を進展させることはない。

しかし、そんな努力もたちまち無にされる。女が自らスカートをたくしあげ、臀部をあらわにしたのだ。

(嘘《うそ》だろ——)

分身がナマの柔肌にめり込む。なんてなめらかで瑞々《みずみず》しいのかと、手で触れなくともわかった。当然ながらそれまで以上の快さが広がる。

「む……」

鼻から息が噴きこぼれ、鈴割れから熱いトロミが溢《あふ》れる。強い刺激を与えられずとも、満員電車内の淫靡《いんび》なシチュエーションに昂奮が高まった。

(Tバックなのか? それとも——)

考えるあいだにも、肉根が臀裂に呑《の》み込まれる。亀頭が谷底をこすり、そこには湿った皮膚以外の感触がなかった。やはりパンティを穿いていないようだ。

(これじゃ露出狂じゃないか)

真面目そうな顔をして、なんと破廉恥《はれんち》なのだろう。あきれる一方で、宇喜田は安堵《あんど》もしていた。

なぜなら、ノーパンで電車に乗ることで、自ら痴女であると公言するようなものである。たとえこちらが痴漢呼ばわりされる羽目に陥っても、そのことを指摘すれば向こうはぐうの音も出ないはずだ。

(でも、ここまでするってことは、脅迫するための罠とかじゃないよな)

だからと言って、手を出すつもりはない。妙な動きをして、周囲に怪しまれてはいけないからだ。相変わらず両手で吊り革を握ったまま、宇喜田は表情を引き締めた。

女がヒップを上下に揺する。臀裂に挟み込まれた勃起がこすられ、モチモチした尻肉の心地よい圧迫を受ける。

「くぅ……」

悦びが一段高いところにあがり、呼吸が乱れる。美女のナマ尻にペニスをこすりつけるという胸躍るシチュエーションが、満員電車内という舞台を得て、より狂おしいものになっていた。

(なんて気持ちいいんだ)

人込みの中での淫らな行為が、こんなにも快いなんて。いつしか宇喜田は自ら腰を振り、尻ミゾの内側を分身で抉《えぐ》っていた。

(こういうのを〝尻コキ〟っていうんだったな……)

独身時代に観たアダルトビデオに、そんな呼び名が出てきた。そのときは大して気持ちよくないだろうと思ったものの、男優が艶めくヒップに放出した気持ちよさが今はわかるような気がする。

汗で湿ったそこはほんのり温かで、ベタつく感じもたまらない。女のほうも宇喜田の動きにあわせて、尻割れをキュッキュッとすぼめてくれた。

だが、どれだけ腰を使っても、頂上は見えてこなかった。快いのは確かだが、そこまで強い刺激ではなかったからだ。

もどかしさに強く腰を送ったとき、「あ――」と小さな声が聞こえた。しかも、やけに可憐《かれん》な響きだったものだからドキッとする。

(え――?)

声の主が尻を晒《さら》した女のものであることは、すぐにわかった。臀裂をこすられて感じたのかもしれない。

(よし。もっと感じさせてやる)

周囲に悟られない程度に動きを強めると、彼女の肩が小刻みに上下する。息がはずんでいるようだ。

あるいは彼女のほうも、満員電車内で破廉恥な行為に及んでいることに、昂奮を覚えているのではないだろうか。髪からわずかに覗《のぞ》く耳たぶが赤く染まっており、ヒップも淫らに蠢《うごめ》いている。

（あんなに可愛い声をしてるのに、なんていやらしいんだ）

真面目そうな容貌《ようぼう》も含めて、とても自堕落な快感に溺《おぼ》れるタイプには見えない。何かの間違いではないかと思わずにいられなかった。それこそ、淫夢をみているのではないかと。

けれど、豊臀のリアルな感触が、これは現実であると教えてくれる。

（おしりだって、こんなにいい感じなのに）

ふっくらしたお肉が優しく包み込んでくれる感触からも、見ず知らずの男を弄《もてあそ》ぶような女性だとは思えない。もちろん、そんなものは行動とまったく関係がないと、わかっているのだが。

ショートボブの裾《すそ》から覗くうなじが、なまめかしく甘い香りを漂わせる。昂奮して汗ばんだのだろう。彼女に抱きついて首すじに顔を埋め、心ゆくまで嗅《か》ぎたい衝動にかられる。

いや、いっそからだの隅々まで嗅ぎ回りたい。素っ裸にして柔肌を撫で回し、自分もすべて脱ぎ捨てて手足を深く絡みつかせたい。

そんな場面を想像するだけで、募る劣情に頭の芯《しん》が絞られるようだ。吊り革を握る手が汗で濡れ、摑んでいることがつらくなる。

（しっかりしろ――）

しかし、懸命に堪え忍ぶのを嘲笑《あざわら》うように、もっちりした豊臀が強ばりを誘い撫でる。カウパー腺液が尻ミゾを粘つかせ、ヌルヌルと摩擦されることで理性が砕けそうだった。

そして、女の手が再びふたりのあいだに入り込む。

「く――」

しなやかな指に捉えられた分身が、悦びにまみれて雄々《おお》しく脈打つ。ガチガチに硬くなったものを、伸びあがった女が容赦なく傾けて、今度は股間に挟み込んだ。いわゆる〝素股《すまた》プレイ〟に移行するつもりらしい。

（濡れてる……）

目のくらむ快美にひたりつつ、ペニスの背が熱い潤みに密着しているのを宇喜田は感じた。牡を翻弄しながら彼女も昂《たか》ぶっていたことが、これではっきりした。

ヒップが前後に動きだす。満員電車内での淫靡なサービス。男も女もたっぷりと濡れているから、ローションなど必要なかった。

(気持ちいい――)

彼女の花びらは、かなり大ぶりのようだ。それが筋張った肉棒を包み込み、擬似セックスの快感を与えてくれる。さらに、太腿《ふともも》をキュッと締められると、こちらも腰を振らずにいられなくなる。

ハッ、ハッ――。

はずむ吐息が聞こえる。それが自身の発するものなのか、後ろ姿しか見えない女のものなのか、快楽によって思考を制圧された状態ではよくわからなかった。ただ、ふたりとも愉悦の境地にあるのはたしかだ。

いつしか宇喜田も腰を前後に送り、性器のつばぜり合いに夢中になった。けれどこれも、オルガスムスを得るには足りない快さ。もどかしさばかりが募る。

(挿れたい――)

ナマ殺しの焦《じ》れったさが頂点に達し、挿入を欲する気持ちが生まれる。無意識のうちに宇喜田は膝を折り、角度をつけて恥裂を抉った。

「あ……」

女がか細い声を洩らす。さすがに抵抗するかと思えばそういうことはなく、むしろ歓迎するように脚を開く。

ぬる……クチュ──。

粘膜同士がこすれあい、甘美な粘つきをたてる。背すじのわななく悦びに溺れ、宇喜田は一心に腰を突き上げた。最高に快いであろう女体への入り口を目指して。

だが、手探りならぬペニス探りでは、なかなか目標を捉えることができない。ぎゅう詰め状態で自由に動けないし、体勢にも無理がある。豊かなヒップもこの場合には邪魔でしかなく、そう簡単に結合などできるはずがなかった。

（くそ……もうちょっとなのに）

女のほうも焦れているらしく、やるせなさげに身をよじる。亀頭のめり込む部分が、きゅむきゅむといやらしく蠢いた。

そのとき、電車がガタンと揺れ、くびれ部分までが温かな潤みに埋没する。

（入った──）

牡を受け入れた部分が、反射的にキュッとすぼまる。それまでとは異なるくっきりした快感が、宇喜田を激しく喘《あえ》がせた。

「あ、あッ」

女も感に堪えない声を洩らし、頭部をわずかにのけ反らせる。

一度入ってしまえば、あとは比較的スムーズだ。抜けないように注意しながら、宇喜田は小刻みな抽送を開始した。

「ク……あ——あぅ」

膣の浅いところをくちくちと抉られて、女はかなり切なそうだ。それでも、体勢的に深々と貫くのは困難である。宇喜田も物足りなさに苛《さいな》まれながらも、休みなく腰を動かした。

と、向かい側にいる五十絡みの男が、訝《いぶか》しげな眼差《まなざ》しを向けているのに気づく。彼は女の顔を見て眉《まゆ》をひそめ、宇喜田と目が合うと気まずそうに視線を反らした。

けれど、またチラチラとこちらを横目で窺《うかが》う。

どうやら女は怪しまれるほどに、表情を悦びに蕩《とろ》けさせているらしい。あるいは痴漢じゃないかと疑われたかもしれないが、宇喜田の両手は吊り革を摑んでいる。満員電車内で性器を交わしているとは、さすがに想像もしないだろう。

（おれは、こんな人混みの中でセックスをしてるんだ——）

あれほど痴漢に間違われることを恐れていたはずが、今の宇喜田はむしろ嬉々《きき》として腰を使っていた。相手が満員電車でペニスを求めるような痴女であるとわかったせいもあるし、心地よい締めつけに有頂天になっていたためもある。

(気持ちいい……)

温かな潤みにひたっているのは全体の半分ほどでも、電車内の交わりに昂ぶっていることもあり、悦びがぐんぐんと高まる。入り口の狭まりが、敏感なくびれ部分をぬちぬちとこするのもたまらない。

女のほうも多量の蜜をこぼしているようだ。すべりがますますよくなる。内部の温度もあがってきた。

「ん、あ、はぁ」

抽送にあわせて洩れ聞こえる喘ぎも、宇喜田の昂奮を高めた。切なげにすぼまる女窟《にょくつ》は、牡を逃がすまいとしているかのようだ。

(ええい、もう、どうなったってかまうものか)

脳が蕩けそうな悦びが、あれだけ慎重であることに徹していた行動規範を役立たずにさせる。宇喜田は両手を吊り革からはずすと、肉厚なヒップをがっちりと固定した。そうして欲棒を勢いよく送り込む。

「は——ッ」

女がのけ反り、周囲に響く喘ぎを吐き出す。これには、何人かがこちらを振り返ったようだ。

しかし、宇喜田はそんなことには少しもかまわず、腰をリズミカルに振り続けた。肉根はさっきよりも奥まで侵入し、快さも深くなる。

「ぁ、ぁ、ぁ、は——」

女の喘ぎもはずみだした。

近くにいた若い女が、こちらを見るなり焦りの色を浮かべる。慌てて顔を背けたところを見ると、何をしているのか悟ったのかもしれない。他にも、眉をひそめつつこちらをチラ見する男が何人かいた。

痴漢どころか公然猥褻《わいせつ》。捕まったらただでは済まないと理解しながら、行為を中断することができない。

(この尻のせいだ——)

手指にも極上の弾力となめらかさを伝える、類《たぐ》い稀《まれ》な淫ら尻。目で確認することは不可能で、揉《も》み撫でてモチモチの美感触を愉しむしかなかった。

それだけでも劣情が高まり、分身で深々と貫かずにいられなくなる。

(ああ、出そうだ)

快さが頂上へ向かい、腰の裏が気怠《けだる》くなる。膝もカクカクと震えた。

さすがに中に射精するのはまずいのではないかと、かろうじて残っていた理性が訴える。しかし、牡の本能は子宮口にほとばしらせることを欲し、胸の奥でせめぎ合いが生じた。

その間も小刻みな抽送が続いており、性感はぐんぐん上昇する。

（ここまでさせているんだから、向こうも覚悟はできているんだろう）

都合のいい考えが脳を支配する。刹那《せつな》の快楽に身を委ね、己を解き放とうとしたとき、駅に近づいて減速した電車が大きく横に揺れた。

「むうぅ」

咄嗟《とっさ》に足を踏ん張ったものの人波に後ろから圧《お》され、勃起が深く入り込む。そして、おそらく彼女も下半身に力を込めたのだろう、濡れ窟がキツくすぼまった。

（あ、出る——）

意識が飛ぶ。何もかもどうでもよくなり、宇喜田はめくるめく悦びに包まれて牡のエキスを放った。

びゅっ、どくッ、どくん——。

熱い滾《たぎ》りが、脈打つペニスの中心をいく度も走り抜ける。太い鼻息がこぼれ、女の後ろ髪をそよがせた。

「あぁあ……」

中に出されているとわかったのか、嘆く声を洩らした女が尻をくねらせる。内部も精を搾り取るように蠕動《ぜんどう》した。

それによりダメ押しの快感を得て、宇喜田は最後の雫《しずく》をトクリと溢れさせた。こんなに気持ちのいい射精は久しぶりであった。

「はあ、ハァ——」

もはや他人の目も、女の反応もどうでもよかった。宇喜田は彼女の首すじに顔を埋め、荒ぶる呼吸を持て余した。髪とうなじの甘酸っぱい香りにうっとりして、力を失いつつある分身を未練がましく脈打たせる。

電車がホームに入る。そこは乗降客が多く、人波が慌ただしく動いた。

女が前からすっと離れ、ペニスが抜け落ちる。我に返った宇喜田は、焦ってそれをズボンの中にしまった。

女も素早い身のこなしでタイトスカートを戻し、ドアへと向かう。たった今まで男と繫《つな》がっていたとは信じられない、颯爽《さっそう》とした足運びであった。

宇喜田が降りる駅は、もうひとつ先だ。未だ現実感を取り戻せないまま、彼はぼんやりと虚ろな目で女を見送った。

(何だったんだ、今のは……)

今になってそんなふうに感じる。ひょっとしたら夢だったのではあるまいか。けれど、下半身には倦怠《けんたい》が重く残り、ブリーフの内側にはこぼれた精液の居心地悪い冷たさがある。これはまぎれもなく現実のことなのだ。

降りた客のほうが多かったことで、車内にゆとりができる。ドアが閉まり、動きだした電車の窓から、宇喜田は流れゆくホームの景色を眺めた。

列をなして移動するひとの群れ。その中に、あの生真面目そうな横顔を見つけてドキッとする。

だが、それもほんの一瞬のことだった。駅を出れば窓の外は暗くなり、景色の代わりに車内の乗客たちを映し出す。

その中に自分の姿を見つけた宇喜田は、不意に激しい自己嫌悪に囚《とら》われた。ひどく浅ましい顔をしていたからだ。

3

その晩、宇喜田が妻を抱いたのは、やはり罪悪感があったからだろう。浮気と呼べるかはともかく、他の女と過ちを犯したのは事実なのだから。

親子三人で寝る場所は、一階にある六畳の和室である。二階にダブルベッドを置いた寝室があるのだが、幼子をベビーベッドにひとり寝かせるのは忍びなく、しばらくはここを寝床にすることにしたのだ。

常夜灯のオレンジの光が、室内をぼんやりと照らしている。一歳になったばかりの娘を寝かしつけ、夫婦の蒲団《ふとん》に入ってきた妻——麻紗美《まさみ》を、宇喜田は無言で抱きしめた。

「え……?」

怪訝《けげん》なふうに目をパチパチさせた彼女は、けれど唇を重ねるなり、からだから力を抜いた。夫に身を任せ、舌を差し入れると自身のものを戯れさせる。

妻の吐息は歯磨きの清涼な香りがした。その中にほんのりと乳くさい風味が感じられたのは、娘に飲ませたミルクを味見した名残《なごり》だろうか。

パジャマに包まれた柔らかなボディをまさぐると、麻紗美は抗《あらが》うように唇をはずした。

「ね……静かにね」

声をひそめて告げる。寝ついたばかりの娘を気にしているのだ。

「わかってる」

宇喜田は掠《かす》れ声で答え、甘い香りを漂わせる襟元に顔を埋めた。

嗅ぎ慣れたはずの妻の匂いが、やけに新鮮に感じられる。あの女のかぐわしさが強く印象づけられたせいだろうか。

そんなことを考えたら、また罪悪感を蒸し返しそうになる。宇喜田は頭の中を空っぽにするように努め、夫婦の営みに没頭した。

「ふうン——」

自分から静かにと言ったのに、股間に割り込んだ膝がパジャマ越しに秘部を圧迫しただけで、麻紗美は悩ましげに喘いだ。早くもそこは熱く火照《ほて》っている。

(ずっと我慢していたんだろうか)

いや、以前は自分からおねだりをすることが頻繁にあった。夫が十歳も年上ということもあり、甘えやすかったのだろう。

おそらく育児疲れでセックスが疎遠になり、今さらという感じで求めにくくなったのではないか。それは宇喜田も同じであり、たまにしたくなることがあっても、妻のからだを気遣って遠慮することがあった。

あるいはこれが、かつてのような夫婦生活を取り戻すきっかけになるかもしれない。もしもそうなったら、あの痴女に感謝してもいい。

(いや、もうあの女のことは考えるな――)

一刻も早く結ばれたほうがいいと、宇喜田は麻紗美の下半身を脱がせた。

案の定、秘部は熱く蒸れている。裂け目に指を差し入れると、内部は蜜でヌルヌルだった。

抱きあってくちづけを交わしただけなのだ。なのに、ここまで濡れるとは。宇喜田は驚きを隠せなかった。

(やっぱり欲しかったんだな)

慎ましさといじらしさにうたれ、宇喜田は妻の唇を情愛を込めて吸った。同時に、秘められた部分を愛撫する。

「んふ……ううう」

吐息と呻きが唇の端《はし》からこぼれる。麻紗美は三十五歳の熟れた肉体をくねらせ、全身で悦びを訴えた。

そして、しなやかな指を夫の股間に這《は》わせる。

宇喜田のそこは、わずかにふくらんでいただけだった。けれど縋《すが》るように握られ、強弱を与えられて間もなく、いきり立って雄々しい脈動を示しだす。

ほんの数時間前に射精したばかりである。あるいは反応しないのではないかと危惧《きぐ》していた宇喜田は安堵した。

「すごく硬い……そんなにしたかったの？」

頬《ほお》を染めた麻紗美が、悪戯《いたずら》っぽい眼差しで問いかける。照れ隠しで言ったのだろうが、年齢を感じさせない愛らしさに胸が高鳴る。

「キミだって、こんなに濡れてるじゃないか」

秘唇をかき回すように指を蠢かすと、肉づきのいい腰回りがビクンとわななく。

「やだ、もぉ」

結婚当初の彼女は瘦《や》せていたが、妊娠中から出産後にかけてからだつきが豊満になった。もっとも、太ったというよりは、いっそう女らしく成熟したというふうに。

「あ、あ、そこぉ」

感に堪えないような声を発した麻紗美が、強ばりをギュッと握り込む。快さが募り、宇喜田も呻いて腰をよじった。

「ね、パパも脱いで」

妻の要請に無言で従い、パジャマとブリーフを脱ぎ去る。あらわになった肉根を、柔らかな指がくるみ込んだ。

「あん、パパぁ」

甘える声で呼びかけて手足を絡め、麻紗美が唇を求めてくる。宇喜田もそれに応《こた》え、濡れた秘唇に再び指を添えた。

彼女が夫を「パパ」と呼びはじめたのは、娘が生まれて間もなくのことであった。愛娘の父親という意味なのだろうが、宇喜田は未だに慣れない。正直、くすぐったい気持ちが強かった。

父親としての自覚が充分でないせいもある。十カ月もお腹の中で育ててきた麻紗美よりも、幼い娘に対して我が子という意識が不足しているのは否定できない。それに生まれたあとも、一日中世話をしている妻とは異なり、勤めがあって娘とふれあう時間が短いのだから。

また、「パパ」には父親以外の意味もある。なまじ十歳も年の差があるために、妻ではなく愛人に呼ばれている気分になってしまうのだ。

肉体は充分に成熟していても、麻紗美はたまに子供っぽい振る舞いを見せることがある。これもこちらがずっと年上のせいなのだろうが、今のように甘えられると背徳的な感情を拭《ぬぐ》い去れない。

ただ、おかげで結婚してかなり経つにもかかわらず、夫婦の営みを新鮮な気持ちで愉しめるのは幸いかもしれなかった。

敏感な肉芽を探り、包皮の上から圧迫するようにこすると、「あ、あッ」と甲高い嬌声があがる。しかし、幼子がすぐそばで寝ていることを思い出したか、麻紗美は歯をくいしばって洩れる声を呻きに変えた。

「ううう、もぉ」

囁《ささや》き声でなじり、強ばりを咎《とが》めるようにしごきたてる。それは熱い潤みに入りたいと疼き、逞《たくま》しい脈動を愛妻に伝えていた。

「ね、これ……ちょうだい」

切なげな訴えを、けれど宇喜田は聞かないフリをした。恥裂内部をクチュクチュと音がたつほどにかき回し、焦らし続ける。

「いやぁ、も――意地悪ぅ」

硬い牡棒を強く握り、麻紗美が腰をいやらしくくねらせる。ようやく年相応の艶っぽい反応を示しだした妻に、宇喜田も昂ぶった。

それでも執拗《しつよう》に愛撫を続けたのは、抽送時間を少しでも短くするためだ。充分に高まってからでないと、絶頂するのに時間がかかる。行為が長引き、娘が目を覚ましてはならないと考えたのだ。

それだと、宇喜田のほうが達せずに終わるかもしれないが、やむを得まい。今は彼女を満足させることが第一なのだから。

「ね、ね……欲しいの。指だけでイッちゃうなんていやよ」

涙声の囁きに、さすがに可哀想《かわいそう》になる。もういいだろうと、宇喜田は麻紗美を組み敷く体勢になった。

「幸せ……」

はにかんだ妻が嬉《うれ》しそうにつぶやく。大袈裟だなと苦笑しつつ分身を送り込めば、たっぷりと濡れた女芯は牡の猛りをスムーズに受け入れた。

「ああ――」

のけ反った麻紗美が堪えきれずに声をあげる。奥まで侵入すると、入り口が離すまいとするかのようにすぼまった。掲げた両脚を夫の腰に巻きつけ、内腿をピクピクと痙攣《けいれん》させる。

（ずいぶん反応がいいな）

彼女がセックスでオルガスムスを得られるようになったのは、三十路を過ぎてからだ。出産後はいっそう感じるようになり、なのに回数が減ったのだから、欲しがるのも当然だろう。

「う、動いて」

切羽詰まった声でのおねだり。宇喜田は隣の蒲団を横目で窺い、娘がすやすやと眠っているのを確認してから、ゆっくりと腰を動かした。

「ああ、あ……気持ちいい」

快感に没頭しだした妻が、悦びを口にする。宇喜田は彼女の唇を塞《ふさ》ぎ、熱く蕩けた膣奥をリズミカルに突いた。

「む、う——くぅうう」

麻紗美が眉間《みけん》に深いシワを刻んで呻く。はずむ吐息がねっとりしたかぐわしさを帯びてきた。

蒲団の中に牡と牝の匂いがこもる。下半身しか脱いでいないのに、汗ばんだ肌が漂わせるすっぱみも強い。こすれあう性器がこぼすケモノじみた淫臭も混じっており、それを嗅ぐだけで全身がどっぷりと官能にひたるようだ。

(たまらない……)

募る熱情のままに舌を深く絡ませ、妻のからだを責め苛む。一カ月ぶりぐらいの交接で、しかも他の女と交わったあとだから、慣れたはずの膣内がやけに新鮮だ。

「むふッ、むふぅ、う——」

麻紗美が陰部をすぼめる。以前よりも締まっているのは、久しぶりだからだろうか。誘い込むように蠢く柔ヒダの感触もたまらない。

(ああ、気持ちいい)

悦びを求め、腰が動きを速める。強ばりが濡れ窟をヌチュヌチュと摩擦した。電車内のセックスとは異なりスリルはないが、代え難い安心感がある。やはり自分の居場所はここなのだと、宇喜田はあらためて思い知らされた気がした。

(そうさ。あれはほんの一時の気の迷い、ただの過ちなんだ)

妻への贖罪《しょくざい》のつもりで、ペニスを一心に抉り込む。自らも体幹から滲《にじ》み出る快さに包まれて。

「んんっ、んんっ、んんッ……」

麻紗美の喘ぎがピストンに同調し、一定のリズムを刻むようになった。早くも上昇しているようだ。

宇喜田はまだ余裕がある。同時に昇りつめたい気持ちはあるものの、たぶん彼女は危険日のはず。ふたり目も考えていたが、長女が大きくなり手がかからなくなってからと話し合っていた。

とにかく妻を頂上に導こうと、腰を強く叩《たた》きつける。

ぱつッ、パンッ——。

湿った音が蒲団の中に鈍く響く。麻紗美が「うっ、うッ——」と喉《のど》の奥から喘ぎを絞り出した。

「むうう……ふはっ——あ、イッちゃう」

唇をほどいて呻くように告げ、宇喜田にしがみつく。二の腕に指を喰い込ませ、四肢《しし》をブルブルと震わせてアクメに達した。

「イクイク、う、くうううううッ」

どうにか声を圧し殺した女体が、小刻みにバウンドする。キツく締まった膣が、肉根をむぐむぐと甘咬《あまが》みした。

「——くはっ、あ……はぁ」

大きく息をついて脱力した彼女は、額に汗を滲ませていた。そこに軽くキスをしてから、宇喜田は猛るものを引き抜いた。

「え？」

その瞬間、麻紗美が物足りなさげに眉をひそめる。けれど、すぐに娘の様子を確認し、仕方ないというふうにため息をついた。

「起きてないわよね？」

「うん」

うなずいて、宇喜田は枕元のティッシュを抜き取り、濡れたペニスを拭った。そこには彼女が得ていた悦びのぶんだけ、白い濁りがべっとりと付着していた。

（これなら満足だったろう）

役目を果たしたことに安堵し、ブリーフを穿こうとすると、

「パパはまだでしょ？」

麻紗美が気怠げに問いかけてきた。

「え？　ああ、まあね」

「いいの？」

訝る眼差しを向けられてドキッとする。後ろめたさから抱いたことを見抜かれ

たのだろうか。

「う、うん。時間がかかりそうだし、いつまでもしてたらあの子が起きるだろ」

「でも……」

「それに、今日は危ない日じゃないのか?」

麻紗美は「そうだけど」とつぶやき、ブリーフの前面を大きく盛りあげる陽根を握ってきた。

「わたしだけ気持ちいいなんて悪いもの」

強ばりきったままのペニスを、ニギニギと揉みながら言う。絶頂に導いてくれた夫への感謝と申し訳なさから、このまま終わりにできないらしい。

「キミが満足したのならそれでいいよ。それともしたりないのかい?」

「ううん、そうじゃないけど……ね、ゴム使う?」

「いや、ホントにいいからさ」

「こんなになってるのに? じゃあ、手でしてあげる」

そこまで言ってくれるのに、固辞するのは他人行儀すぎるだろう。もう出してきたなんて言えるはずもなく、

「わかった。お願いするよ」

宇喜田は穿いたばかりのブリーフを脱ぎ、蒲団に仰向《あおむ》けた。

身を起こした麻紗美がいそいそと腰の脇に坐り、そそり立つ肉棒を握る。慣れた手つきで包皮を上下させてしごき、夫を快楽に漂わせた。

「気持ちいい?」

声をひそめての問いかけに、宇喜田は「うん」とうなずいた。

「こんなに硬くなるなんて久しぶりじゃない? このままじゃ眠れないわよ」

中年と呼ばれる年になり、若い頃のような硬度を保つのは難しくなっていた。肉胴をガチガチにした今の状態に、彼女も驚きを隠せないようだ。

(やっぱりあんなことがあったせいなのかな……)

電車内の刺激的な出来事が、未だ尾を引いているのだろうか。

行為の残滓《ざんし》そのものは、入浴したときに洗い清めた。しかし、一度は他の女の愛液にまみれたものを握らせることに、宇喜田は今さらながら罪悪感を覚えた。だから、麻紗美が屹立《きつりつ》の真上に顔を伏せたのに、ついうろたえてしまったのだ。

「あ、ちょっと——」

制止する間もなく、尖端《せんたん》に唇が押しつけられる。はみ出した舌が、粘膜をペロペロと舐《な》めた。

「むぅ」

くすぐったさの強い快感に息が荒ぶる。頭部が徐々に呑み込まれ、くびれまでが温かな潤みにひたった。

チュッ――。

軽く吸引され、目の奥が絞られる悦びが生じる。

申し訳なくなるのは、やはり他の女と交わったあとだからだ。それでも亀頭をしゃぶられ、肉棹を指の輪でしごかれると、募る悦びに惑いも消えてしまう。

（ああ、そんな）

「ん……ンふ」

麻紗美がリズミカルに頭を上下させる。こぼれる鼻息が陰毛をそよがせ、そんなちょっとしたことにも宇喜田は背すじがゾクッとした。初めて妻にフェラチオをされたときのように胸がときめく。

もっとも、あのときの彼女は男根を咥《くわ》えるのが精一杯で、今のように口と手を同時に使う余裕などなかった。男性経験もほとんどなかったようで、どうにか丸い頭部を含み、キャンディーみたいにひたすら舐め転がしていたのだ。

けれど、相応に回数をこなした現在では、ペニスをかなり深くまで迎え入れることができる。しなやかな指で、陰嚢《いんのう》を巧みに撫でることまでする。

「う——ああ」

ムズムズする快さが、鼠蹊部《そけいぶ》を基点に広がる。宇喜田は胸を大きく上下させて喘ぎ、手足を震わせた。

だが、一方的に愛撫されるだけでは、やはり長くかかりそうだ。

（おれも麻紗美のを——）

宇喜田はからだをひねり、妻の足首を摑んだ。引き寄せようとすると彼女が口をはずし、驚いたように見つめてくる。

「何をするの？」

問いかけてきたものの、こちらの意図はわかっているはずだ。だからこそ足を踏ん張って、引っ張られまいとしている。

「おれもしてあげるから」

上に乗るように促すと、麻紗美は逡巡《しゅんじゅん》を示した。

「でも、したばかりだから汚れてるわよ」

セックス直後の淫液にまみれた秘部を舐めさせるのは、抵抗があるのだろう。女性らしい恥じらいと慎みだ。

「かまわないよ。おれが綺麗にしてあげるから」

「バカ」

「ほら、早くしないとあの子が起きるじゃないか」

「もぉ……パパのエッチ」

麻紗美は渋々ながら、逆向きで宇喜田に身を重ねた。彼女とて、シックスナインで舐め合ったほうが、夫が昂奮して早く達することを知っているのだ。

(ああ……)

目の前に差し出された妻の熟れ尻に、宇喜田は心の中で感嘆した。

どっしりした重たげな丸み。一点のくすみもない艶肌の内側に、お肉と脂肪をたんまり詰め込んでいるのだろう。栄養を与えられてたわわに実り、触れなば落ちんばかりに成熟した果実という眺めだ。

常夜灯の薄暗がりの中でも、セクシーさは損なわれていない。ここも妊娠してからボリュームが増しており、顔に乗られたら窒息しそうな迫力もあった。

宇喜田が麻紗美と結婚したのは、笑顔の愛らしさや仕事に対する真摯《しんし》な態度、それから相手を思いやる優しい性格に惹《ひ》かれたからである。

加えて、魅力的なヒップも理由のひとつだった。

派遣社員時代の彼女は、パンツスーツを着用することが多かった。豊かな丸みにボトムがぴっちりと張りつき、パンティラインを鮮やかに浮かせているところに、何度熱い眼差しを注いだことだろう。

あるいはその視線を別の意味と受け取って、麻紗美もこちらを意識するようになったのかもしれない。ともあれ、もともと尻好きというわけではなかったのに、その良さに目覚めさせられたのは、間違いなく妻のおかげだ。

だからこそ、電車内での誘惑に勝てなかったのであるが。

麻紗美の臀部はあの頃以上によく熟れて、牡を誘う色香を漂わせる。ぱっくりと谷を割った底には、糸を引き結んだようなアヌス。男の視線を浴びて、恥ずかしそうに収縮するのも愛らしい。

そのすぐ下に裂け目を見せる女陰は、はみ出した肉ビラを淫らに濡れきらめかせる。悩ましさの強い酸味臭も、牡の劣情を揺さぶる。

(あの女のおしりは、これよりもっと大きいんじゃないだろうか)

密着し、バックから貫いたときのことを思い返せば、妻のヒップ以上のボリュームがあった気がする。顔面騎乗などされようものなら、柔らかなお肉が顔全体を押し潰《つぶ》すに違いない。

想像するだけで、激しいときめきが胸を苦しくさせる。手で触れたときのもっちり感が蘇《よみがえ》り、悩ましさも募った。

（——て、何を考えているんだ）

いけないと知りつつ、行きずりの女と妻を比較してしまう。宇喜田は邪《よこしま》な心を打ち消そうと艶尻に両手をかけ、自らのほうに引き寄せた。

「やん」

麻紗美が小さな悲鳴をあげ、あっ気なく豊臀を落とす。慣れ親しんだ尻肉が、心地よい重みと柔らかさで宇喜田の顔を潰した。

「むうぅ」

ヌメったものが口許を塞ぐ。酸素を確保しようと息を大きく吸い込めば、鼻腔になだれ込んできたセックスの残り香に、脳天を内側から殴られたような衝撃を受ける。

（うわぁ、こんな……）

シックスナインをためらったのもうなずける。それは淫らな成分を凝縮した匂いだった。採れたての海藻に、醱酵しすぎたヨーグルトを練り込んだ感じだろうか。

彼女は洗ってからでないと、絶対にクンニリングスを許さなかった。考えてみれば、営み直後のそこに口をつけたこともなかったのだ。

ここまで強烈かつ淫靡な性器臭を嗅ぐのは初めてで、けれど不快感は一切ない。もっと嗅ぎたい、いっそ味わいたいという思いばかりが募る。

宇喜田は情動のままに舌を秘割れに挿し入れ、粘つく内部をねぶった。

「あ、ヤダぁ」

麻紗美が淫唇をキュッキュッとすぼませ、イヤイヤをするようにヒップをくねらせる。だが、夫の舌がさらに深いところへ差しのべられると、自身も肉根にむしゃぶりついた。

「んんッ、むふぅ」

頭を上下させ、すぼめた唇で筋張った胴をこする。せわしなくこぼれる鼻息が、陰嚢を温かく蒸らした。

（うう、気持ちいい）

フェラチオの快感が、宇喜田の舌づかいをねちっこくさせる。膣口にクチュクチュと出し挿《い》れし、クリトリスも吸い転がす。

さらには、秘められたところもターゲットとなった。

「んふっ!?」

アヌスを舐められ、麻紗美が尻の谷を焦って閉じる。しかし、その反応は牡を昂ぶらせ、さらなる集中口撃を浴びることとなった。

レロレロレロレロ……。

放射状のシワを高速舌回転で刺激され、ツボミが忙しくすぼまる。臀部の筋肉がくすぐったそうに強ばり、浅い窪《くぼ》みをこしらえた。

「ううう……や、ヤダ、そこは――」

とうとうペニスを吐き出し、彼女は咎めるように根元を握った。尻を振って逃れようともしたが、宇喜田はがっちりと抱え込んで離さなかった。

「駄目ぇ、も、パパのヘンタイぃ」

なじる言葉もどこか色めいている。いくらか快感を得ているのだと悟り、宇喜田は一心に秘肛をねぶり続けた。

「もぉ」

とうとう諦めたらしく、麻紗美が再び陽根を頬張る。お返しのつもりか、最初から強く吸引し、舌をねっちりと巻きつけてきた。

「むうう」

敏感なくびれを執拗に攻められ、宇喜田は歓喜の呻きをこぼした。段差のある部分を舌先ではじかれると弱いことも、彼女はちゃんと知っているのだ。

妻の指は囊袋《のうたい》を責め、中の球体を弄ぶ。それもムズムズする悦びを夫に与え、勃起の付け根が甘い痺《しび》れを帯びた。

(出そうだ――)

ペニスの中心を熱い粘りが伝う。頂上が迫っていることを悟り、宇喜田はクリトリスを重点的に転がした。もう一度オルガスムスに導こうとしたのである。

ところが、魅惑のヒップに心地よい重みをかけられている。さらに濃厚なフェロモンを嗅がされては、太刀《たち》打ちなど不可能だ。

(ああ、まずい)

気を逸らそうとしても逸らせるものではない。右肩あがりに上昇した宇喜田は、たちまち限界を迎えた。

「むふっ、う――むううウッ」

腰をギクギクとバウンドさせ、めくるめく悦楽に意識を飛ばす。妻の豊満な尻に敷かれたまま、牡のエキスを勢いよく放った。

「ン――」

予告もなく発射され、麻紗美は怯《ひる》んだようである。けれど、夫のものを口で受けとめるのは初めてではない。次々と溢れるものを舌でいなし、肉棹を指の輪でしごいてさらなる放出を促す。

「んふぅ、んんッ、うう……」

全身を歓喜にどっぷりとひたし、宇喜田は最後の一滴まで気持ちよく射精することができた。もはや女芯を舐める余裕もなく、オルガスムス後の気怠さにまみれて脱力する。

チュウッ——。

最後に強くひと吸いして、麻紗美がペニスを解放する。すでに勢いを失っていたそれは、陰毛の上に身を横たえた。

麻紗美は宇喜田からすぐに離れ、枕元のティッシュを抜き取った。口に溜《た》まった牡の体液を吐き出し、ふうと息をつく。

「これでゆっくり眠れるんじゃない？」

明るい声を耳にしながら、宇喜田は目を閉じた。ブリーフを穿く余力もない。一日に二度の射精はしばらくぶりで、それだけ疲れていたのだろう。

「ねえ、シャワー浴びなくてもいいの？」

妻の呼びかけにも、応じる気力がなかった。「うう」と呻くので精一杯。

「しょうがないわね。パパってばいい年して子供みたいね」

仕方ないという声のあと、ペニスにひんやりするものが当てられた。麻紗美がウエットティッシュで清めてくれていると知り、胸が温かくなる。

（夫婦って、いいものだな……）

そんなことで夫婦のよさを実感するなと、麻紗美が知ったら怒ったかもしれない。けれど、少なくともこのときは、それが偽らざる気持ちであったのだ。

豊かな心持ちのまま、宇喜田は深い眠りに落ちた。

第二章　二人きりの残業

1

宇喜田の課に事務担当の派遣社員が配属になったのは、翌週のことであった。

それまで事務作業を一手に引き受けていた正社員の女の子が、実家の都合で退社してしまった。そこで当面の手だてとして、派遣を雇うことにしたのである。

宇喜田が勤務する〈ホビーファクトリー〉は、中堅の玩具《がんぐ》メーカーだ。乳幼児向けの知育おもちゃから大人向けのフィギュアまで、幅広く手がけている。

その第二営業課に配属されたのは、二十七歳の女性派遣社員だった。

「伊東沙百合《いとうさゆり》と申します。至らないところがないよう、精一杯勤めさせていただきますので、よろしくお願いいたします」

堅苦しいほど礼儀正しく挨拶《あいさつ》を述べた彼女は、顔だちも知性的かつ端正。地味なスーツ姿にも、清潔感が溢れている。いかにも仕事ができそうで、後任としては申し分ないと思われた。

しかしながら、沙百合と最初に顔を合わせたとき、宇喜田は動揺を隠すことができなかった。

(彼女はあのときの――？)

電車の中で自らヒップをこすりつけてきた痴女。最終的にセックスまでした女と、沙百合は驚くほどよく似ていたのだ。

宇喜田は痴女の顔をはっきり見たわけではない。よって断定はできないが、全体の雰囲気からしても間違いないようなのだ。

何より、タイトスカートに包まれた豊かな臀部が、あのときの女であると牡の本能に訴えかけてくる。むっちりして柔らかそうな丸みは、見るからに極上。そうそう他にもある代物とは思えない。

だからと言って、本人に確かめる勇気はなかった。それはすなわち、電車内での自らの猥褻行為を知られることにもなるのだから。

（そう言えばあのとき、おれは顔を見られたんだろうか……）

もしも沙百合があの痴女で、宇喜田の顔を見ていたとしたら、対面したときにいくらかでも反応したはず。けれど、彼女は少しも妙な素振りを見せなかった。二十代後半の女性らしい柔らかな物腰で「お世話になります」と挨拶し、淑《しと》やかな微笑すら浮かべたのである。

（やっぱり人違いか……）

あるいは、こちらの顔をまったく見なかったかだ。

初日こそ気になって、落ち着かなかった宇喜田であるが、沙百合の丁寧な仕事ぶりを見せられるうちにどうでもよくなってきた。派遣としての経験が豊富で仕事の憶えも速い。前任者以上の働きを見せてくれた。

おまけに性格もいい。慎ましく、おとなしすぎるきらいはあるが、他の課員たちとも良好な人間関係を築いていた。急な頼まれごとにも嫌な顔ひとつ見せず、笑顔で引き受ける。

気がつけば、沙百合は課内で最も信頼される存在になっていた。

（仮に伊東さんがあのときの女だったとしても――）

宇喜田は密かに確信した。

（おそらく気の迷いか何かだったんだろう。派遣だから神経も使うだろうし、ストレスも溜まるに違いない。あの日は前の勤め先で嫌なことでもあって、あんなことをしてしまったんじゃないのかな）

普段の様子からは、とても電車内で淫らなことをするような女には見えない。仮に本人だったとしても、きっと何か事情があったのだ。

（とにかく、忘れてあげよう。それが彼女のためなんだ）

そして、もう二度とあんなことをしなくても済むように、上司である自分がしっかり面倒を見ようと決心した。

もっとも、沙百合は決して他人の助けを借りようとはしなかった。それだけの能力があるのは確かだが、人手があったほうが早く済むことでも、すべてひとりでやり遂げようとするのだ。

あまり無理をしないようにと、宇喜田はそれとなく声をかけたことがある。けれど、彼女は穏やかな笑顔を見せ、

「だいじょうぶです。無理はしていませんので、ご安心ください」

と答えた。さらに、「お心遣い、ありがとうございます」とも。

そのときは、単に仕事が好きなのかと、宇喜田は引き下がった。しかし、たま

に疲れた顔をしていることがあるから、まったく平気というわけではなさそうなのだが。

その日も彼女は、面倒な見積書の作成をひとりで引き受け、終業後もパソコンに向かっていた。いくらスキルがあっても、時間はまだまだかかりそうだ。

宇喜田も残業をしていた。チェックする書類が多くあったのは確かだが、それも六時過ぎには片づいた。

あとは仕事をするフリをして、それとなく沙百合の様子を窺っていたのである。

(手伝ってやろうかな)

派遣社員でも、今は自分の部下だ。求められずとも手を差しのべるのが、上司としての務めだろう。

しかし、同僚ならいざ知らず、上からの申し出を彼女が受け入れるとは思えなかった。上下関係については、頑《かたくな》なほどきちっとしていたのだ。

自分にできることは静かに見守り、ねぎらうぐらいか。無力感を覚えつつも、宇喜田はいつしか今の状況に胸をはずませていた。

考えてみれば、こんなふうに彼女とふたりだけになるのは初めてだ。

見慣れたオフィスの景色も、いつもと違ったものに映る。自身の浮ついた気持ちが、そんなふうに感じさせるのだろうか。学生時代、好きな女の子と思いがけずふたりっきりになったときみたいに、心臓が切ない高鳴りを示していた。

課長以下十三名の社員が所属する営業二課のオフィスは、宇喜田のデスクの前に課員たちのデスクを六つずつくっつけた二つの島があった。他に資料棚やコピー機、入り口側にはコーヒーサーバーがある。

沙百合の席は左の島の、一番手前の左側だ。宇喜田から見て左斜めの位置にある。ディスプレイとにらめっこする真剣な表情だけでなく、椅子《いす》に乗ったむっちりヒップも目に入る。今日はグレイのタイトミニだが、太腿はデスクの陰に隠れていた。

つい下半身に目がいってしまうのは、やはりそこが彼女のチャームポイントだからだ。

普段の服装は、スカートとパンツが半々ぐらいの割合であったろうか。どちらにせよ、豊満な尻を窮屈そうに包むものばかり。肉感的な丸みばかりか、パンティラインも愉しむことができた。

とは言え、上司の立場でまじまじと凝視できるはずもない。それとなくチラ見するのが関の山であった。

（いいおしりだなあ……）

彼女の視線がこちらに向いていないのをいいことに、宇喜田は豊かに張り出した臀部を窃視《せつし》した。満員電車での一件、特に分身をたわわな丸みに押しつけたときのことが、強く印象に残っていたせいだ。

（大きくて柔らかくて、素敵だったな）

思い出して悩ましさが募り、椅子の上で尻をもぞつかせる。海綿体に血液が集まり、ペニスが徐々にふくらみだした。

そのせいで、沙百合の腰回りを見つめる視線が、ますますねちっこくなる。ふしだらな欲望すらこみ上げてきた。

（あのときの男がおれだったと打ち明ければ、ひょっとして——）

また彼女の肉体を愉しめるのではないか。仮に拒まれても、ここで仕事を続けたいのなら従うようにと脅せば。

忘れてやろうと心に決めたはずが、劣情にまみれてそんなことを考えてしまう。

宇喜田は我に返り、慌てて邪念を振り払った。

（どうしちまったんだ、おれは）

自分はこんなにも卑しい人間だったのだろうか。それだけ沙百合の肉体に魅せられているのかもしれないが、管理職の立場にありながら、派遣の部下を相手にあまりに情けない。

そのとき、沙百合がいきなり顔を向けたものだからドキッとする。

「課長、コーヒーでも淹《い》れましょうか?」

涼やかな声で訊ねられ、宇喜田は動揺を隠せなかった。

「あ、ああ……いや、おかまいなく」

しどろもどろの返答を不審がることなく、彼女は笑顔を見せた。

「わたしもちょうど飲みたいと思ってましたから」

すっと席を立ち、流れるような動きでオフィスの出入り口近くにあるサーバーに向かう。ヒールが床を踏み、カツカツと軽やかな音を奏でた。

タイトミニのヒップが心地よさげに揺れるのを見送りながら、宇喜田はふうと深い息をついた。

(変に思われなかったろうか……)

特に訝る様子はなかったものの、沙百合はもともと感情をあまり面《おもて》に出さない。本心まではわからなかった。

サーバーが軽い唸《うな》りをたて、よい香りが漂ってくる。ふたつの紙コップにコーヒーを注いでから、沙百合はヒップを後ろに突き出して身を屈《かが》めた。下の棚から砂糖とミルクを出すのだろう。

（あれ？）

たわわな丸みではち切れそうなタイトスカートを目にして、宇喜田は首をかしげた。そこにあるべき下着のラインが、まったく見当たらなかったからだ。

Tバックを穿いていれば、パンティの線が浮かぶことはない。それに、最近はラインが目立たないものもあるらしい。

（だが、昼間は見えていたはずだ）

たしか昼食後だったか、今のように屈んだ彼女を後ろから見る機会があった。そのときは、フリルもわかりそうなほどくっきりしたラインが、スカートに浮かびあがっていたのである。

（いや、あれは昨日だったかな……）

しょっちゅう目にしていたから、記憶が錯綜《さくそう》しているのかもしれない。あるいは、汚れて穿き替えたものがTバックだったとか。

様々な憶測が浮かぶ。だが、トレイにコーヒーを載せた沙百合が戻ってきたので、宇喜田はそれらをすべて頭から追い払った。

「どうぞ」

「ああ、ありがと」

沙百合がコーヒーと、ポーションミルクをデスクに置いてくれる。宇喜田が砂糖を使わないことを、ちゃんと心得ているのだ。

彼女もデスクに着くと、紙コップを口に運ぶ。熱いコーヒーをひと口すすり、ホッとしたように表情を緩めた。

「疲れてるんじゃないの？　早く帰ったほうがいいよ」

声をかけると、沙百合は宇喜田に向き直って穏やかな微笑を浮かべた。

「いえ、だいじょうぶです。課長はまだ長くかかりそうなんですか？」

「ああ、もうちょっとかな」

「ここはわたしが最後に見て帰りますから、どうぞお先に出られてください」

「うん――」

うなずきかけた宇喜田であったが、あるものを目撃して心臓が止まりそうなほど驚愕した。

（え!?）

沙百合は上半身と、それから右脚だけを彼のほうに向けていた。左脚は机の下に残したままで、つまり股を六十度近く開いた格好《かっこう》だったのだ。そうなれば当然、スカートの中はまる見えである。

ベージュのストッキングは腿の付け根近くまでのもので、レースで装飾されたゴム部分が見える。さらに、それより奥の景色も視界に入った。

そこは影になっていたから、最初は黒い下着なのかと思った。けれど、モヤモヤとけぶるものが布ではなく、彼女の体毛であることをすぐに悟る。

(ノーパンなのか!?)

まさかと思いつつも、実際にそうとしか判断できない。布の質感とは明らかに異なるそれは、恥毛以外の何ものでもなかった。

だが、何より信じ難かったのは、沙百合がにこやかな笑顔を崩していなかったことである。これではわざと見せつけているとしか思えない。

何らかの事情で下着を脱いだのだとしたら、こんな無防備な格好をするはずがない。仮に穿いていないことを忘れているのだとしても、彼女のように淑やかな女性が、男の前ではしたなくスカートの中を晒したりするだろうか。

故意に見せているという、最もあり得ない解釈が、この場合は一番納得がいくのである。そして、本当にわざとだとすれば、

（電車でセックスした相手がおれだってことを、伊東さんはわかってるんじゃ――!?）

だからこそ、ここまで大胆なことができるのではないか。

浮かんだ推測に、宇喜田は背すじが寒くなるのを覚えた。だとすれば、彼女は自分を誘っていることになる。

またあのときのように、いやらしいことをしましょうと。

「どうかされましたか？」

声をかけられ、我に返る。沙百合は怪訝なふうに首をかしげていた。

「あ、ああ、いや」

宇喜田は焦り、コーヒーをひと口含んだ。まだ熱かったそれは、舌と喉をヒリつかせる。しかし、そんなことにかまっていられないほど、彼は冷静さを失っていた。

幸いにも、沙百合はそれ以上追及することなく仕事を再開し、慣れた手つきでキーボードを叩きだした。ひと息ついてペースを取り戻したらしく、表情にも疲れは見えない。

（……気づかれなかったよな）

部下のスカートの中を窃視するなど、セクハラもいいところだ。はしたない姿勢に関してそれとなく注意をするのが、上司としての正しいやり方だろう。

(そうか……注意をすれば、彼女もノーパンなのを知られたとわかったはずなのに)

そのときの反応で、見せたのが故意か事故なのかも明らかになったのに。劣情に惑わされ、せっかくの機会を逃したのだ。

いい年をして、すっかり舞い上がってしまった。いったい何をやっているのかと、宇喜田は深いため息をついた。

それでいて、視線は再び沙百合の下半身へと注がれる。

(穿いてないんだよな、中に……)

ノーパンというだけで、椅子に乗ったむっちり臀部が、よりまろやかなものに感じられる。四十五歳で課長という地位も得ているのに、童貞の中学生男子みたいに胸がときめいた。

あのときも、沙百合は下着を穿いていなかった。自らスカートをたくし上げ、素のヒップを宇喜田に差し出したのである。

つまり今も、そうする準備ができているということだ。

(おれを誘ってるんだろうか)

都合のいい期待が頭をもたげる。デスクに手をついた沙百合を後ろから貫く場面が、鮮やかに浮かんだ。

(馬鹿な……ここは会社だし、顔を覚えているかどうかさえわからないのに)

何を考えているのかと、妄想世界から逃れようとする。けれど、目の前に存在する魅惑的な女体が、それを許してはくれなかった。一心に仕事に打ち込む姿すら、こちらを惑わしているかのように感じられる。

このままでは理性を失くし、沙百合に襲いかかってしまうかもしれない。早く帰ったほうが身のためだと腰を浮かせかけたところで、彼女が不意にヒップをモジつかせた。

(え——)

あまりに見つめすぎたから、視線を感じたのだろうか。

これはまずいと沙百合の表情を確認すれば、いつの間にか頬が赤らんでいる。けれど、素知らぬ顔で、こちらを見ようともしない。

(気のまわしすぎか……)

すると、沙百合はおもむろにデスクの抽出しからポーチを取り出し、席を立った。そのまま早足で戸口に向かう。

どこへ行くのか訊ねようとして、宇喜田は口をつぐんだ。

（そうか、トイレだな）

あるいは、生理が始まったので慌てたのかもしれない。下着を穿いていないのだから、早く処置しないとまずいことになるだろう。

廊下に出た沙百合の足音が遠のく。ドアがカチャリと音を立ててから、宇喜田はふうと息をついた。

（気にしすぎだな）

出逢いがあまりに強烈だったから、その一挙手一投足にいちいち惑わされてしまうのだ。

やはり帰るべきだと机上を片づけようとして、ふと空の椅子が目に入った。たった今まで、沙百合が腰かけていた椅子。

（あそこに彼女のおしりが――）

そう考えたら、矢も盾もたまらなくなる。宇喜田はフラフラと席を立ち、そちらに足を進めていた。

（何を考えてるんだ。やめろ）

理性が命令じるものの、まったく役に立たない。気がつけば沙百合の椅子の横に膝をつき、屈み込んでいた。

合皮張りの回転椅子は、どこのオフィスにでもありそうなシンプルなものだ。けれど、あの豊満な臀部が密着していたと考えるだけで、何か特別なものに感じられる。

このとき、宇喜田を支配していたのは、沙百合を欲する気持ちだけであった。みっともないと自覚しつつも座面に鼻面を寄せ、クンクンと嗅ぎ回る。

（ああ……）

甘ずっぱいかぐわしさがわずかに感じ取れた。嗅ぐだけでたちまち薄らいでしまう残り香に、胸が激しくときめく。温みも残っていないのに頬ずりまでした。

こんなことをせずにいられなくなったのは、彼女がノーパンだったからだ。下着が一枚存在しないだけで、椅子と尻の密着度がはるかに増したように思えたのだ。

だが、こんなものではやはり物足りない。リアルな女体を求める熱情が抑えきれなくなる。

宇喜田は抽出しに手をかけた。もっと彼女を感じさせる何かが欲しかった。

一番下の、ファイル用の大きなものを引き出すと、ショルダーバッグがあった。口のファスナーが開いたままで、丸めた布切れが押し込まれている。

宇喜田は胸を高鳴らせた。

（これはまさか——）

震える手で取り出せば、予想通りパンティであった。純白で一部にレース飾りが施されただけのそれは、おとなしくて慎ましい沙百合にぴったりである。

（やっぱり脱いでいたんだ！）

あの魅惑のヒップを包み込んでいた薄物だ。急《せ》かされるように鼻先にかざし、残り香を吸い込めば、椅子に残っていたものより濃厚な甘ずっぱさが感じられた。それに加え、何やら淫靡な成分も嗅ぎ取れる。

（これが伊東さんの匂い……）

宇喜田は昂奮で目眩を起こしそうだった。

清楚な下穿きを裏返せば、秘部に密着していた部分に明らかな痕跡《こんせき》があった。薄茶色の掠れたようなシミと、生乾きの粘液。脱いでから、それほど時間は経っていないなさそうだ。

（終業後に脱いだんだろうか）

チラッと考えてクロッチの裏側を嗅げば、鼻奥をツンと刺激する饐《す》えた匂いに、牡の劣情が揺さぶられる。

(ああ、すごい……)

岩場の潮だまりに、パルメザンチーズを振りかけた感じだろうか。

間接的にもかかわらず、沙百合の恥臭はやけに生々しかった。そして、素のままであるがゆえに、すべてを知った気にさせられる。このいやらしい匂いが彼女の本性なのだと思った。

(こんなに汚れてるってことは、仕事中に何かいやらしいことを考えてたんじゃないのか?)

おとなしそうなくせに、実はセックスが大好きだとか。けれど相手がいないから妄想を逞しくするばかりで、電車内のあれも、淫らな欲望が高じてのものだったのかもしれない。

想像が昂ぶりを生み、息が荒くなる。いつからそうなっていたのか、ペニスが痛いほど勃起して、ブリーフとズボンを内側から突き上げていた。早くも漏れ出た先走りが、裏地を湿らせる。

(うう、たまらない)

その場で牡の猛りを摑み出し、しごきたい衝動にかられる。しかし、それを押し留めたのは理性ではなく、廊下から聞こえた足音だった。

(まずい——)

沙百合が戻ってきたのだと知り、宇喜田は焦った。咄嗟にパンティをズボンのポケットにしまい、抽出しと椅子を戻す。急いで自分のデスクに戻り、腰をおろしたのとほぼ同時に、オフィスのドアが開いた。

「あ」

宇喜田と目が合うなり、沙百合はびっくりしたように口を開いた。とっくに帰ったものと思っていたのだろう。宇喜田の目に何かが浮かんでいたせいか。

(やっぱり生理だったんだな)

恥じらって顔を伏せ、ポーチを背中に隠すようにしたから、きっとそうなのだ。ともあれ、沙百合のほうがうろたえた素振りを示したものだから、宇喜田は落ち着くことができた。だが、彼女の汚れたパンティがポケットに入っていることを思い出し、顔をしかめて悔やむ。

(まずいぞ、これは)

今さら返すことなどできないから、このまま知らんぷりするしかないだろう。

だが、無くなっていることを知ったら、彼女から疑われるのは必至だ。そのチャンスがあったのは、自分だけなのだから。

どうしようと頭を悩ませながら様子を窺えば、席に着いた沙百合はすぐに仕事の続きを始めた。けれど、頬がやけに紅潮している。

(まさか、下着が無くなっているのに気づいたわけじゃないよな)

ポーチをしまうときに気がついたのか。だとしたら。ますます自分が疑われるに違いない。

宇喜田は焦った。ただ、彼女はこちらに不審の目を向けてこない。ディスプレイを真っ直ぐに見つめ、一心にキーを打つ。

そんな沙百合の様子がどこかおかしいことに、宇喜田は間もなく気がついた。

(具合でも悪いのかな)

頬の赤みが引かず、心なしか息がはずんでいるようである。椅子の上のヒップも切なげにくねっている。

それがやけに色っぽく見えたものだから、宇喜田は悩ましさを覚えた。おとなしくなりかけたペニスも復活し、彼女を求めるかのごとく脈打つ。

(まったく、どうしちまったんだ、おれは)

若い部下とふたりっきりという状況に昂奮しているのだろうか。

しかし、似た状況は過去にも何度かあった。そのときは今のように欲情などしなかったはずだ。結婚前で、性欲が満たされていなかったときすらも。

どうやら沙百合は、自分の中で特別な存在になっているらしい。出逢いの印象が強烈だったのは間違いないが、それを差し引いても、ひとりの女として惹かれているようなのである。

特に、あの尻に。

生理でナプキンを装着したのなら、もう別の下着を穿いたのだろうか。いや、タンポンを挿れたのであれば、ノーパンのままかもしれない。

沙百合をデスクに押さえつけ、スカートをめくりあげて尻をまる出しにしたい衝動にかられる。肉厚の臀部を割り開き、愛らしいアヌスやタンポンの糸を垂らした秘唇をあらわにしてやるのだ。

《――イヤッ、やめてくださいッ！》

きっと彼女は激しく抵抗するに違いない。

卑猥《ひわい》な妄想にのめり込み、宇喜田は思わず腰を浮かせかけた。本当に沙百合に襲いかかりそうになったのだ。

（馬鹿。何を考えてるんだ）

どうかしているどころではない。完全に彼女に狂わされている。

とにかく落ち着こうと、宇喜田は沙百合の淹れてくれたコーヒーを手にとった。

しかし、紙コップはすでに空だ。

新しいものを淹れるべく席を立つと、同時に、沙百合が不自然に肩をビクッと震わせ、焦った顔を見せた。

「あ、コーヒーですか？」

「え？　ああ」

「わたしが淹れます」

「いや、いいよ。伊東さんは仕事を続けなさい」

「いえ、わたしが――」

腰を浮かせた沙百合が、「うッ」と呻きを洩らす。デスクの端につかまり、全身をワナワナと震わせた。

「どうしたんだい!?」

頬がいっそう赤くなっているのにも驚く。

「い、いいえ、何も……」

掠れ声で答え、どうにか体勢を立て直そうとした彼女は、けれどたちまち力尽きたように膝をついた。

「あ、ダメ……」

唸るようにつぶやき、息を荒らげる。

「お、おい——」

宇喜田が焦って駆け寄ったとき、沙百合のスカートの中から何かが落ちた。

2

カツン——。

ピンク色の、長さ十五センチほどのスティック状のもの。やけにツヤを帯びたそれがこちらに転がってくる。

「あっ」

焦りをあらわにした沙百合が手をのばすより先に、宇喜田は怪しい物体を拾いあげた。

(これは——)

手にとって初めて、全体が細かく振動していることに気づく。予想より重かったのは、内蔵されたモーターと電池のせいだろう。

両端が丸くなったそれは一体形成ではなく、中央に切れ目が入っていた。おそらくその部分を逆方向に捻《ひね》ることでスイッチが入り、内部のモーターが回転するのではないか。

けれど、そうしようと試みてできなかったのは、全体がヌメって手がすべったからだ。おまけに、ほんのりと生々しい匂いが漂ってくる。

本来は、ちょっとしたマッサージやツボ押しに使うものなのだろう。実用品というよりは気休めのアクセサリーか、いっそオモチャみたいなものだ。

それを彼女が何に用いていたかなど、考えるまでもなかった。

「か、返してください!」

ようやく立ちあがった沙百合が、声を荒らげて詰め寄ってくる。普段はおとなしくて慎ましい彼女が、ひとが変わったみたいに顔を歪《ゆが》め、ピンク色のバイブを力づくで奪おうとした。

やけにうろたえた反応に、ムラムラした思いがこみ上げる。宇喜田は右手を高だかと挙げて返さなかった。それでも沙百合は諦めず、縋りついて手をのばす。

そのとき、甘い香りが鼻奥まで流れ込む。電車内で嗅いだ、男を虜《とりこ》にするあのフェロモンだ。

（やっぱりこの子は、あの——）

確信するのと同時に、気持ちが激しく昂ぶる。満員電車で彼女とセックスしたときのように、宇喜田は普段の自分を失っていた。

「これをアソコに挿れてたんだね？」

わざとゆっくりした口調で訊ねると、沙百合の顔つきが強ばる。明らかに図星を突かれたときの反応だ。

「そ、そんなこと、課長には関係ありません」

後ずさり、唇を震わせて言い返した彼女に、宇喜田の中で嗜虐《しぎやく》的な感情がふくれ上がった。

「関係ないってことはないだろう。部下がオフィスで風紀を乱す行為をしたんだ。営業二課の責任者として、とても見過ごすことはできないね」

「風紀って、そんな大袈裟な……ただのプライベートな愉しみじゃないですか」

自慰をしていたことを認め、沙百合は開き直った。咎められ、かえってムキになっているようだ。

「ちっとも大袈裟じゃないさ。だいたい、どうしてこれが君のアソコから落ちたんだい？」

問いかけに、沙百合が口をつぐむ。下唇を咬み、挑むように睨《にら》んできた。

その反抗的な態度が、宇喜田の強引な言動を促した。

「そこに両手をつきなさい」

不思議と昂揚した気分で彼女に告げる。

「え？」

「デスクに両手をついて、尻を突き出しなさい」

この命令に、沙百合の顔色が瞬時に変わった。宇喜田が何をするつもりなのかを悟ったのだろう。

「さ、早く」

強い口調で促すと、しかし彼女は一転弱気な面持ちになる。

「……酷《ひど》いことしないでください」

弱々しくつぶやき、言われたとおりにする。宇喜田に背中を向け、自分のデスクに両手をついた。

沙百合が腰を折り、タイトミニに包まれたヒップを差し出す。すっかり観念した態度に、宇喜田は小気味よさしか感じなかった。

はち切れそうな丸みに、下着のラインは浮かんでいない。やはりノーパンなのだ。だから膣に挿れたバイブが抜け落ちたのである。

(この下にあの尻が——)

思い出すだけで胸苦しさを覚える。スカートの裾を摘みあげようとして、けれど宇喜田の手は直前で止まった。

(いいのか、そんなことをして?)

たしかに彼女の行ないは、場所をわきまえない破廉恥なもの。だからと言って、宇喜田が何をしてもいいなどということはない。明らかに上司としての権限と役割を超えているし、逆にセクハラ、パワハラで訴えられる可能性だってある。

それでも、手を出さずにはいられなかったのだ。

(ええい、どうにでもなれ)

あのときのように自暴自棄になり、スカートに指をかける。逸《はや》る気持ちを抑えきれずに、そろそろとめくった。

(おお)

白くまろやかな双丘が姿を見せる。下側のぷりっとした尻肉を目にしただけでたまらなくなり、宇喜田は一気にスカートをずりあげた。

「キャッ」

沙百合が小さな悲鳴をあげる。けれど、すでに覚悟ができていたらしく、抵抗を示すことはなかった。

それでも、深い臀裂が恥ずかしそうに、キュッとすぼまる。

(ああ、これが……)

感動が胸に広がる。あのとき触れて、ペニスをこすりつけた極上の柔尻。もう一度と強く欲していたものを、とうとう目にすることができたのだ。

輝かんばかりの麗しい美肌は、まるで生まれたてのよう。金色の産毛が光るそれがこしらえる曲面には、わずかのブレもない。ギリシャ彫刻にだって、ここまで芸術的なオブジェはあるまい。

「ああ」

沙百合が小さく嘆き、また深い割れ目をすぼめた。

オフィスで尻を剝《む》かれた、美貌の派遣社員。腿をぴったり閉じていることもあり、女芯の佇《たたず》まいは肉厚の谷に隠れたままだ。けれど、そんなものが見えなくても、目眩がしそうなほどエロチックな眺めであった。

「どうして下着を穿いていないんだい？」

衝き上げる情動を包み隠し、宇喜田は努めて平静に告げた。

「オフィスでノーパンになって、おまけにバイブをアソコに突っ込んでたわけだ。これで風紀を乱していないなんて言えるだろうか」

厭味《いやみ》たっぷりになじっても、沙百合は反論しなかった。いや、できるはずもなかっただろう。

「おまけに、君はさっき、わざと僕にスカートの中を見せていたよね」

この指摘には、驚きをあらわに振り返る。何か言いたそうに口を開きかけたものの、無駄と悟ったか再び顔をそむけた。

（あれ、わざと見せてたわけじゃなかったのか？）

初めて知ったような反応だ。あのときはノーパンであることを忘れていたのか。それとも、あの角度なら見られまいと思っていたのか。

いや、そんなつもりはなかったと言い張るための、ただの芝居かもしれない。どちらにせよ、少しも反省の色を見せない態度に、宇喜田は嗜虐的な感情を燃え上がらせた。上司として部下に注意を与えねばならない。いや、ここは〝お仕置き〟をするべきだという心境になっていた。

だいたい自分こそが部下の椅子に頬ずりし、あまつさえ汚れた下着を盗んだのである。無意識のうちに、その罪を帳消しにしようとしたのかもしれない。

「いけない子だ」

突き放すように言い、右手を高々とあげる。それを振り下ろす前に、また理性が行動を遮った。

（そんなことをしたら、いよいよ後戻りできなくなるぞ）

それは正義感や倫理観から来た戒めではなかった。本来の気弱な性格が呼びかけたものだ。

（電車であんなことがあっただけで、麻紗美に罪悪感を覚えたんじゃないか。今度は不可抗力じゃないんだから、あの程度じゃ済まないぞ――）

その声も、目の前の艶やかな豊臀に敵《かな》うものではなかった。

（くそ、この尻が悪いんだ）

またも責任を沙百合の尻に転嫁して、宇喜田は意思を固めた。これは欲望からの行為ではない。正当な罰なのだと自らに言い聞かせて。

と、沙百合がいつの間にか、目だけをこちらに向けていた。怯《おび》えた眼差しの奥にあやしいきらめきを認め、全身がカッと熱くなる。思う存分叩きなさいと、煽られた気がしたのだ。

「く——」

嚙《か》み締めた声を洩らし、宇喜田は右手を勢いよく打ちおろした。

パチンっ！

小気味よい音がオフィスに高らかと響く。

「きゃうッ！」

沙百合がのけ反り、悲鳴をあげる。白い肌に赤い手形が浮かびあがった。

（ああ、綺麗だ）

痛々しい眺めにもかかわらず、宇喜田はそう感じた。おかげで、次の打擲《ちょうちゃく》を迷うことはなかった。

ぴしゃんっ!!

今度はより重い音になる。

「痛いッ」

沙百合が音を上げる。涙目で振り返り、睨んできた。

「ど、どうしてこんなことするんですか？」

「お仕置きだよ。二度と会社の中でいやらしいことをしないようにね」

内心の昂ぶりを隠して冷淡に告げると、彼女は悔しそうに下唇を噛んだ。それにも宇喜田の胸は躍る。

「ほら、まだまだだよ」

続けざまに尻を打つと、沙百合は涙色の悲鳴をあげた。白い桃肌に手形が散り、間もなく全体が赤くなる。

「いやッ、あン、痛い——や、やめてっ」

哀願されても、宇喜田は憑《つ》かれたように尻を叩き続けた。とっくにお仕置きの範疇《はんちゅう》を超えていることにも気づかずに。

そのうち、沙百合の反応に変化が生じる。

「う……ううっ、あああ——」

叩かれすぎて麻痺《まひ》したのか、痛みを訴えなくなった。代わりに、身も世もなくすすり泣きはじめる。

宇喜田がスパンキングをやめたのは、若い女の涙に憐憫《れんびん》を覚えたからではない。手が痛くなり、息があがってきたからだ。

「はあ——」

ひと息ついて手を休める。見れば、あんなに白くて綺麗だった柔尻は、熱湯でもかけたみたいに真っ赤になっていた。

(やりすぎたかな……)

さすがにまずかったかと後悔する。これではお仕置きどころかただの折檻《せっかん》であるし、明らかにセクハラだ。

「うう……うッ」

沙百合はグスグスと鼻をすすり、デスクに突っ伏して肩を震わせる。可哀想になったものの、いたわることも詫びることもできない。それは自らの非を認めることになるからだ。

何も言わずに赤く腫《は》れた臀部をさすってあげると、肉づきのいい下半身が物憂げにくねる。尻肌は熱を帯びており、かなり痛そうであった。

冷やしてやったほうがいいだろう。オシボリを濡らしてこようとして、宇喜田は不意に気がついた。

(これは――)

むっちりした腿の付け根部分。ぴったりと閉じられたところから液体が滲み出て、濡れ光っていることに。

あまりの痛さにオシッコを漏らしたのだろうか。けれどアンモニア臭は感じられず、代わりになまめかしい甘ずっぱさが漂っているのに気づく。

まさかと思いつつ、宇喜田は指をその部分に差しのべた。

「くふ――」

沙百合が小さく呻いたとき、指先がかすかな粘つきを捉えた。掬《すく》い取って鼻先にかざすと、淫靡な匂いが感じられる。

尿でも汗でもない。明らかに欲望のしるしだ。

「驚いたな。おしりを叩かれて昂奮したのか?」

訊ねても、彼女は何も答えなかった。横顔を覗き込むと、頑に唇を結んでいる。

不意に激しい衝動が宇喜田を襲った。沙百合を従わせたい、いっそ滅茶苦茶にしてやりたいという思いが彼を動かす。

「脚を開きなさい」

低い声の命令に、怯えた目が振り返る。けれど睨みつけると、言われたままノロノロと膝を離した。

宇喜田は彼女の真後ろに膝をついた。内腿がべっとりと濡れており、そこから濃密さを増した牝臭がこぼれる。

(ああ……)

胸に感動が満ちる。脚を開いたことで、隠されていた谷底が見えたからだ。短い縮れ毛に囲まれた、くすんだ色合いの恥割れ。茹《ゆ》でた細切れ肉のような花弁が大きくはみ出し、淫らな蜜は女芯全体にまぶされていた。

（なんていやらしいんだ）

牡の心をかき乱す卑猥な眺めに、宇喜田はコクッと唾《つば》を呑んだ。ぬるく漂う女陰の匂いそのものは、パンティのクロッチに染み込んでいたものよりもまろやかだろう。けれど、いかにも溢れたてという生々しさがある。

それに惹かれるように、宇喜田は沙百合の陰部に口をつけた。ヌメった温かなものが唇に付着し、舌に触れずともしょっぱみが感じられる。

（これが伊東さんの――）

頬に当たる臀部のなめらかさと、もっちり感も昂奮を煽る。もっと味わいたい気持ちがふくれあがり、舌を割れ目に挿し入れた。

「ああッ」

感に堪えない声が聞こえ、たわわな丸みがブルッと震える。尻肉が鼻頭を挟み込むようにすぼまった。

臀裂には蒸れた汗の臭気がこもっている。加えて、醱酵しすぎた乳製品を思わせる、悩ましい成分もあった。どうやら性器ではなく、アヌス周辺が匂わせる媚臭のよう。腸から洩れたのだろうか。

恥唇に挟まれた舌が粘つきを捉える。味蕾《みらい》に絡みつく恥蜜は、唾液《だえき》を濃くした程度のほのかな味わいだ。

物足りなさを覚え、さらに深いところまで舌を挿れる。膣口を押し広げると、陰部がキュッとすぼまった。

「あ、あッ」

沙百合が焦った声をあげ、腰をくねらせる。頰に当たる尻肉が細かく痙攣しているのが、宇喜田にもわかった。

(感じてるのか……あんなに反抗的だったのに)

ようやく彼女を征服できたのだと確信する。

さっきまで小型バイブを挿入させられていた女膣は、内部に淫液をたっぷり溜めていた。舌を動かすと、道筋をつけられたみたいにトロトロと溢れる。そちらはいくぶん甘みが強いようだ。

宇喜田はわざと派手な音をたててすすった。

ぢゅッ、ぢゅるるっ──。

「いやあ、あ、はふぅッ」

嘆きながらも、女唇はねだるように舌を締めつける。感じて汗をかいたらしく、尻の谷が新鮮な甘ずっぱさを放ちだした。

オフィスで下半身のみをまる出しにした派遣女子社員。その尻に顔を埋め、秘められた部分をねぶる宇喜田は、硬く勃起したペニスを持て余した。

快い刺激を求めて疼くそれは、多量の先走りを溢れさせる。ブリーフの裏側が亀頭にぴったりと張りつき、居心地が悪かった。

(挿れたい――)

すでに満員電車でセックスをしているのだ。ここまで感じているのだから、沙百合も拒まないのではないか。

彼女を滅茶苦茶にしたい衝動にかられていたはずが、けれどそうすることにはためらいを禁じ得なかった。レイプされたと訴えられることを恐れたのだ。

(もしかしたら、おれは罠に嵌まっているんじゃないか?)

電車のときも、こちらを痴漢に仕立て上げて脅迫するつもりではないかという思いを拭い去れなかった。

あのときは何事もなく終わったものの、それこそが油断させるための罠だった可能性がある。

(伊東さんはウチの会社に来ることがわかっていて、上司になるはずのおれを狙って誘惑したのだとか)

それも、今日のような日が来ることを見越して。

いつしか疑心が頭をもたげ、舌の動きが鈍る。しかし、今さら後戻りはできない。

何より、目の前に類い稀な美尻があり、宇喜田の心を捉えて放さなかったのだ。

(ええい、こうなったら)

とにかく一度絶頂を迎えさせようと、包皮に隠れた敏感な肉芽を探る。厚めのフードを指で剝き、現れたピンクの尖《とが》りに吸いつくと、

「あはぁッ!」

沙百合がひときわ大きな嬌声をあげた。尻肉がビクビクと痙攣し、悦びの大きさを訴える。

(よし。こうなったら、快楽の虜にしてやる)

そこまでのテクニックがあるわけではなかったが、乗りかかった船である。後戻りができないのなら、あとは突っ走るしかない。

ピチュピチュ……ちゅううぅッ。

クリトリスを徹底して攻めると、女体が切なげに身悶《みもだ》える。すでに赤みが薄らいでいた臀部も、キュッキュッとすぼまって筋肉の浅いへこみをこしらえた。

「あああ、いや、許してぇ」

オフィスにわんと響く艶めく声音で哀願しながらも、女唇はおびただしい量の恥蜜を溢れさせた。唾液も混じって内腿を滴り、ストッキングに染み込んでベージュを濃い色に変える。

「駄目なの、そこは……あああ、弱いのぉ」

沙百合は膝をカクカクと震わせ、今にも崩れ落ちそうだ。デスクにあずけた上半身で、どうにかからだを支えている様子。

(そのうち、自分から挿れてほしいとねだるかもしれないぞ)

そうなることを励みに、宇喜田は舌を高速で律動させた。同時に、指を膣に浅くもぐらせ、小刻みに出し挿れする。

「あふっ、あ、はあああ」

デスクが軋《きし》みをたてるほどに、沙百合は乱れだした。陰部全体が熱く蒸れ、いっそう生々しい媚臭を放ちだす。無意識にか脚をさらに開いて尻を突き出し、陰部をあらわに曝《さら》け出した。

尻の谷のアヌスも舌づかいに同調し、物欲しげに収縮する。愛らしくもいやらしい眺めに煽られて、宇喜田はそこにも指を突きたてた。膣液にまみれて、あやしく濡れ光ったものを。

「あ、駄目――」

沙百合が焦って臀裂と括約筋を閉じる。強い力で指を挟み込んだものの、秘核を吸われて力が弛《ゆる》んだ。

はずみで、指が一気に第一関節まで侵入する。

「イヤイヤ、あ、やだぁ」

沙百合は少女のように甲高い声で嘆き、尻穴をキュウッとすぼめた。

（うわ、キツい）

血の流れを止めそうなほどの締めつけも、たっぷり潤滑された指には効果がない。くちくちと抽送され、淡いセピア色のツボミが容赦なく蹂躙《じゅうりん》される。

「くうううう、ア――」

歯をくいしばるような呻きが、宇喜田の耳にも届いた。痛いわけではないようだが、かなりの違和感があるのだろう。

直腸内はわずかにベタついていた。もともと何かを受け入れるようにできていない孔《あな》は、蠢いて指を押し返そうとする。

それに真っ向から歯向かい、宇喜田はさらに指を抉り込ませた。第二関節までが秘肛を侵略すると、沙百合が観念したように「ああ……」と嘆いた。

そこに至っても、こじ開けられたツボミは足掻《あが》き続ける。もちろん指を追い出すことは困難で、放射状のシワが伸びた痛々しい眺めを見せつけるだけだ。

（入っちまった……おしりの穴に）

アヌスのほうが、膣よりも当然背徳感が強い。相手を支配したという達成感も大きかった。

逆を言えば、彼女のほうは多大な屈辱を与えられているのだろう。おそらくは性器以上に恥ずかしいところを凌《りょう》辱《じょく》されているのだから。

それでも、クリトリスを吸い転がされると、また乱れだした。

「ああ、あはッ、いやあああぁ」

尻割れをキュッとすぼめ、括約筋をなまめかしく収縮させる。開き気味の恥唇から、白い淫液がトロリとこぼれた。

「だ、駄目……もぅ駄目だからぁ」

切羽詰まった声がオフィスに反響し、ヒップのわななきがせわしなくなる。いよいよ絶頂に達するのかと、宇喜田はアヌスの指を前後に動かしながら、舌先で秘核を攻め続けた。

「あああ、いや――あ、ああッ、い、いく」

下半身がビクッ、ビクンと跳ね躍り、臀部が強ばる。

「う、ううう……くはぁっ――」

大きく息をついて、沙百合が脱力した。

「ふはっ、ハ――はああ……」

あとは気怠げな呼吸を繰り返すだけになる。

やり遂げた充実感よりも、なぜだか罪悪感がふくれあがる。物憂い気分にも包まれ、宇喜田はアヌスの指をゆっくりと引き抜いた。

(イッたんだ……)

「――やン」

沙百合が物憂げに喘ぎ、ヒップをくねらせる。あれだけ嫌がっていたのに、括約筋が離すまいとするかのように締めつけた。

指がはずれる瞬間、ツボミが小さな空洞を見せた。すぐにぴったりと閉じ、また愛らしい姿に戻ってホッとする。

(これが伊東さんのおしりに入っていたのか)

抜いた指をまじまじと見つめ、宇喜田は不思議な気分になった。アヌスが元通りになっているものだから、尚更そう感じる。

そこにはわずかに泡立った淫液がこびりついているだけで、汚れらしきものは見当たらない。だが、鼻先にかざすと悩ましさの強い媚臭があった。

(こんな匂いなのか……)

乳酸菌飲料を想像させるそれは、アヌス周辺に漂っていたものと似ている。やはりあれは腸からこぼれ出た臭気だったらしい。

ハァハァと喘ぐ沙百合が、剝き出しのヒップをもぞつかせる。そのすぐ後ろで、宇喜田は彼女の直腸臭を飽くことなく嗅ぎ続けた。

3

「どうしてあんな酷いことをしたんですか……?」

オルガスムス後の虚脱状態からようやく抜け出た沙百合が、ノロノロと振り返る。汗に濡れた額に、髪の毛がベットリと張りついていた。

「酷いこと？」

咎める口調にカチンときて、宇喜田は彼女を睨みつけた。しかし、向こうも負けてはいない。

「わたしにまったく落ち度がなかったとは言いません。だけど、あそこまで酷い仕打ちを受ける理由はないはずです。明らかに行き過ぎですし、今日のことは社のセクハラ委員会に報告します」

おとなしくて慎み深い、普段の姿が嘘のよう。あくまでも強気な沙百合に、宇喜田は不思議と臆することがなかった。

これまでの自分だったら、すぐに許しを請うところだろう。けれど、もともとの原因は彼女にある。満員電車内であんなことをしなければ、自分だってここまで暴走することはなかったのだ。

こちらが被害者なのだからと開き直り、宇喜田は立ちあがった。まだデスクに伏せたままの女を見おろし、唇の端を歪めるように持ちあげる。

そのとき、沙百合の表情に怯えが走った。よっぽど悪辣《あくらつ》な笑みを浮かべているのだろうか。だとしたら、そんな顔ができるなんて、我ながら信じられない。

しかし、おかげで自信を持つことができた。

「もしも君が今日のことを委員会に訴えるというのなら、僕も君のことをみんなに話さなくちゃいけないね」

「お、脅しですか？　けっこうです。覚悟はできていますから。下着を穿いてないとかオモチャを使ったとか。あ、あんなの、ほんの個人的な愉しみじゃないですか」

沙百合が声を震わせる。瞳《ひとみ》が泣きそうに潤んでおり、覚悟ができているとはとても言い難い。明らかに無理をしているのだ。

「そうじゃなくて、電車でのことだよ」

「え、電車？」

きょとんとした顔をされ、宇喜田はドキッとした。

（あれ？　じゃあ、伊東さんじゃなかったのか!?）

人違いだとしたら、非は完全にこちらにある。背すじを冷たいものが流れたものの、そんなはずはないと自らに言い聞かせた。

（いや、あれは間違いなく彼女だったんだ）

ここは強く出るしかないと、宇喜田は気を引き締めた。

「今月の初めぐらいだったかな。君は満員電車の中で、僕に尻を押しつけてきた。こちらを昂奮させて勃起したペニスを摑み出し、さらにスカートをめくって自分の尻に挟み込んだよね」

沙百合の顔からみるみる血の気が引いた。驚愕をあらわにし、半開きの唇を見た目でわかるほどにわななかせる。

（やっぱり彼女だったんだ——）

確信を得て、宇喜田は饒舌《じょうぜつ》になった。

「あのときも君はノーパンだったよね。ひょっとしたら、人前でそうすることに快感を覚えるのかな。いつもおとなしい君にしては、意外な趣味だけど」

「いやッ」

堪え切れなくなったか、沙百合が顔をそむける。肩を震わせ、「う……うッ」と嗚咽《おえつ》をこぼしだした。

「それに、あのときだって、君は僕とセックスしたじゃないか。君はかなり感じていたようだったし、僕の精液も中で受けとめたよね。たくさんのひとが、君のことを怪しんでいたよ。目撃者を探せば見つかるはずさ」

「や、やめてっ！」

悲鳴に近い声をあげ、沙百合はデスクに顔を伏せた。剝き出しのままのヒップを身も世もなくくねらせ、悲嘆をあらわにする。

どうやら彼女は、あのときの相手が宇喜田であるとわからなかったらしい。あるいは、そうと気づいていたものの、顔を見られていないから大丈夫だと、たかをくくっていたのか。

どちらにせよ、宇喜田の話したことが事実であり、それにショックを受けたのは疑いようがない。

「満員電車内で男を誘って、セックスまでするような乱れた女だから、僕もあそこまでしたんだよ。何しろ君は痴女みたいな――いや、痴女そのものなんだから」

「ひどい……」

沙百合が嗚咽混じりにつぶやく。すっかり打ちのめされたふうに、頭をいやいやと振った。

「そのことをセクハラ委員会に報告すれば、僕の行動が正当なものだと理解してもらえるんじゃないかな。ま、少なくとも両成敗にはなるだろう」

優越感たっぷりに述べるうちに、宇喜田は次第に昂奮を抑えきれなくなった。

あられもない姿の沙百合に、情欲を煽られていたのはたしかである。加えて、これでもう逆らえまいという思いが、さらなる支配行動を煽っていた。おそらく反抗的な態度をとられたことへのお返しの気持ちもあるのだろう。

(この女は、もうおれのものだ)

好きにできるのだと理解して、欲望がふくれあがる。もはや泣くことしかできずにいる沙百合を見おろし、宇喜田はズボンとブリーフを足元に落とした。

ぶるん——。

勢いよく反り返ったペニスが、自由を得てさらに伸びあがる。はち切れそうに硬くなったものを振りかざし、胸を躍らせながら彼女の真後ろに進んだ。

元の白さを取り戻した魅惑の尻。満員電車のときとは違い、じっくり目にしながら犯すことができるのだ。

宇喜田は肉厚の双丘に両手をかけ、無造作に開いた。

「え？」

沙百合が振り返る。宇喜田が勃起をあらわにしているところまでは見えなかったろうが、すぐ後ろにいることで何をするつもりか悟ったようだ。

「いやっ！」

悲鳴をあげ、尻を振って逃れようとする。宇喜田は咄嗟に、丸みの頂上を力いっぱい叩いた。

パチンっ——!!

鋭い打擲音と「キャッ」という悲鳴が同時に響く。

「おとなしくするんだ」

精一杯ドスの効いた声で命じると、沙百合はまた嗚咽をこぼした。

「……乱暴にしないで」

涙声で訴え、すすり泣く。覚悟を決めたというよりは、いっそ諦めたふうにからだの力を抜いた。

そんな打ちひしがれた反応も、宇喜田の征服欲を満足させた。

「乱暴なんてしないさ。前にもしてるんだし、君だってこれが好きなんだろ」

年下の女をますます落ち込ませる言葉を口にして、小気味よさに笑みを浮かべる。牝を従わせることに、今や愉悦しか感じなかった。

ぱっくり開かれた尻割れの狭間、もうひとつの割れ目がほころんだところに、宇喜田は亀頭をもぐり込ませた。ぬるい蜜にまみれたそこは、やすやすと受け入れてくれるはずだ。

「挿れるよ」

短く告げ、腰を送る。予想したとおり、女陰は肉棒をずむずむと呑み込んだ。

「ふはあああ」

沙百合がのけ反り、喉の奥から長い喘ぎを絞り出す。豊かなヒップが感電したように強ばった。

（入った――）

ペニスが根元まで媚肉の締めつけを浴びる。甘く痺れる快感に、宇喜田は腰をブルッと震わせた。

満員電車のセックスは、ほんの浅い繋がりだった。けれど、今は女体の内部をじっくり味わえるほどに、深く結合している。濡れた粘膜の細やかな佇まいから、わずかな蠢きまで。

「ああ、気持ちいいよ。あのときよりもずっと」

膣内の肉根を雄々しく脈打たせながら告げても、沙百合はすすり泣くだけ。無理やり犯されたと言わんばかりの態度に、宇喜田は苛立《いらだ》ちを覚えた。

（まだ反省していないのか？）

罪をなすりつけられているようで面白くない。だったら共犯であることをわからせてやろうと、ゆっくり腰を退けた。

逆ハート型のヒップの切れ込みから、蜜をまぶされて肉色を生々しくさせたペニスが現れる。くびれが抜ける寸前まで引いてから、また徐々に埋没させる。

「あ、あッ――」

沙百合が焦りともよがりともつかない声をあげる。すぼまった尻の筋肉が、丸みに浅い窪みをこしらえた。

愛液を馴染《なじ》ませるように、宇喜田は低速の抽送を続けた。間もなく、肉胴に白く濁った本気汁が絡みつく。

「あうう、う――くうぅ」

豊かなヒップが焦れったげにくねる。沙百合の息が荒ぶってきた。

(そら見ろ。感じてるんじゃないか)

優越感を噛み締めつつ、これからが本番だと次第にピストンの速度をあげる。擦れ合う性器が、ニチャッと粘っこい音をたてた。

「くふッ、う、あああ」

沙百合のよがりも高まる。懸命に声を圧し殺そうとしているようだが、肉体までは制御できないらしい。下半身がいやらしくくねりだす。

「ほら、気持ちいいんだろ?」

ところが、宇喜田が問いかけると、ハッとしたように身を強ばらせる。喘ぎを洩らすまいと、唇を結んだようだ。

(強情な子だ)

それだけに、はしたない声をあげさせたいという思いが強まる。

見れば、ペニスはハチミツにつけたみたいにトロトロになっていた。それだけ彼女もいやらしい蜜をこぼしているわけであり、やはりからだの反応は誤魔化《ごまか》せない。

宇喜田はたわわな肉尻を両手で固定し、リズミカルに腰を叩きつけた。

「——ンはっ、あ、はああ」

とうとう堪え切れなくなり、沙百合が艶めく声をはずませる。下半身全体がビクッ、ビクリと痙攣を示しだした。

(どうだ、ほら——)

素直じゃない部下を征服すべく、己が分身を勢いよく送り込む。蕩けた柔肉を抉り、内部に溜まった淫液をくびれでかき出す。

パン、パン、ぱつン——。

下腹と臀部の衝突が湿ったリズムを刻む。そこに、グチュッと猥雑《わいざつ》な粘つきが色を添えた。

「あひっ、い、いや……激し──」

噛み締めるようなよがり声を耳にして、全身が熱くなる。自分はオフィスで、部下である若い女を犯しているのだ。

（ううう、気持ちいい）

宇喜田も悦びにまみれ、牡の本能のままに女窟を蹂躙した。

「ああ、あ、あああ、いい──」

あらわなことを言いかけた沙百合が、デスクに顔を伏せる。「うっ、ううッ」と呻いて誤魔化した。

「意地を張らないで、素直に感じればいいのに」

膣奥にふくらみきった亀頭を押し込めば、「はふッ」と喘いでのけ反る。恥辱と快感が、彼女の中でせめぎ合っているようだ。

（ここまでされて、まだ素直になれないのか？）

電車内で男を求めたときのように、欲望に忠実になればいいのだ。そうすれば、もっと楽になれるはずなのに。

その忠告は、おそらく宇喜田自身にも向けられたものであった。こうなるまでに、彼自身も幾多の迷いを乗り越えたのだから。

（ほら、もっと感じなさい）

心の中で告げ、ピストンの速度をあげる。休みなく女芯を貫かれることで、とうとう沙百合は降参した。

「ああ、ああ、いいの、いい――」

はっきりと悦びを訴え、ヒップを悩ましげに揺する。内部も牡を歓迎するようにキュウキュウと締まった。

「伊東さんは、こうやって僕にバックから犯されたかったんだろう？」

「あああ、そうですぅ」

「セックスが、チンポが好きなんだろ？」

「うう、す、好きぃ」

はしたないことを言わされて、肉体がますます燃えあがったようだ。膣内が熱くなり、特に奥まったところは煮崩れたみたいにトロトロだ。

そこを目がけて勢いよく突くと、「きゃふぅッ！」と甲高い悲鳴があがる。

「すごいじゃないか。中が熱くなっているよ。それに……うう、すごく締まる」

「い、いや……あ、はあぁ」

「どうしてほしいか、ちゃんと言いなさい」

「ああ、もっと――もっと激しくしてください」

卑猥なおねだりに、宇喜田は頭がクラクラするのを覚えた。

「いやらしい子だ」

勢いよく腰を送るのと同時に、摑んだヒップも引き寄せる。ふたつの速度が合わさり、快さも倍加した。

もちろん、沙百合のほうも。

「あっ、あ――いい、いいの、もっとぉ」

淫らにくねるヒップには、いつしか霧状の汗が滲んでいた。自らも汗ばんでいることに気づき、宇喜田は繫がったままスーツの上着を脱ぎ捨てた。身軽になり、抽送にも本腰を入れる。

ぢゅ……ちゅく、くぷッ――。

抉られる女窟がいやらしい音を洩らす。柔ヒダの蠢きも顕著になり、宇喜田も急上昇した。

「どうだ、気持ちいいかい？」

「は、はい、すごく——ああ、感じるぅ」

「僕も気持ちいいよ。伊東さんの中、すごく濡れてトロトロだ」

「い、いや——」

沙百合が首を左右に振る。辱めないでという意味かと思えば、そうではなかった。

「お願い……な、名前で呼んでください」

告げてから、恥じらうように身をよじる。男女の行為の最中に、他人行儀な呼び方をされるのは好まないのだろう。

「気持ちいいよ、沙百合」

「ああ、わたしもぉ」

「どこが気持ちいいのか、言ってごらん」

「う——」

言葉に詰まった若い女の臀部を、宇喜田はぴしゃりと叩いた。

「さ、言うんだ」

「あうう……お、ぉまんこぉ」

口早に述べられた卑猥な四文字に忍耐を打ち砕かれ、たちまち限界が迫ってくる。

「沙百合のオマンコは最高だ。もう出ちゃいそうだよ」

速い抽送でヒップを音高くタンタンと打ち鳴らしながら予告すると、彼女は少し間を置いてから呻くように返した。

「きょ、今日は外に――」

どうやら危険日らしい。しかし、『今日は』と口にしたことで、あのとき中に射精されたことを認めたわけである。

(ついに落としたぞ!)

これで完全に支配したのだと、宇喜田の胸に充足感が広がった。

「わかった。その前に、沙百合もイキなさい」

上昇を堪え、速度をあげて牝穴を陵辱する。

「あ、あああっ、ああ、駄目――い、いく」

程なく、沙百合は乱れだした。全身をエンスト直前の車みたいに、ガクンガクンと跳ねさせる。

「イクイク、あああ、いやぁ、イッちゃうのぉッ!」

ひときわ大きなよがり声をあげ、背中を弓なりにする。

「う……ううッ、はああ――」

昇りつめた沙百合が力尽き、デスクに突っ伏す。宇喜田も限界だった。

「ううう」

間一髪のところで分身を引き抜く。白濁の淫蜜でしとどに濡れたそれをしごき、艶めく尻肌に射精しようとしたところで、谷底の可憐なアヌスが目に入った。

(そうだ、ここに)

爆発寸前の根元をギュッと握り、尖端を愛らしいツボミに押し当てる。

「ひッ」

アクメの名残にたゆたう女体が、ピクッと反応した。

力を加えると、頭部があっ気なく呑み込まれる。オルガスムス後で力を抜いていたのと、ペニスがたっぷり潤滑されていたおかげだろう。さっき指で悪戯したことで、ほぐれていたのも助けになったのかもしれない。

ともあれ、直腸に侵入した異物に、沙百合は瞬時に反応した。

「いやああッ!」

悲鳴をほとばしらせ、秘肛をキュッと引き結ぶ。敏感なくびれを締めつけられ、それが射精への引き金となった。

「うあああぁ」

宇喜田も声をあげ、肉根を激しく脈打たせた。いっそう硬くなった筒先から、濃厚な樹液をびゅくびゅくと吐き出す。

「あ、ああ……熱いー」

沙百合は何度も尻をすぼめ、括約筋でペニスを締めあげた。それが男に多大な悦びを与えると、知ってか知らずか。

（すごい……）

脳が蕩け、頭の中が空っぽになったかのよう。体内にあるすべてを彼女に搾り取られるような恐怖を抱きつつ、宇喜田は長々と精を放ち続けた。

第三章　デスクの下で……

1

今さらのように後悔がこみ上げたのは、萎《な》えたペニスをアヌスから抜き去ったあとだった。

一瞬空洞を見せたものの、すぐに閉じたのは指のときと同じ。けれど、その部分はすぐにおとなしくならず、何かを確認するように蠢き続けた。程なく、泡立った白濁液をジワッと溢れさせる。

(――おれはいったい？)

何ということをしてしまったのか。宇喜田が現実に戻ったのは、まさにそのときであった。

それから後のことはよく憶えていない。身繕いをしながら、弁解まじりのことを沙百合に告げたと思うのだが、どんな言葉を口にしたのかも記憶に残らなかった。ぐったりしたままの彼女も、それを聞いたかどうか定かではない。

気がつけば、宇喜田は満員電車に揺られていた。

(さっきのあれは、本当にあったことなんだろうか……)

沙百合のアヌスで果てたときの快感や括約筋の締めつけは、今でも鮮やかに思い出せる。射精後の気怠さも、腰の裏側に残っていた。

にもかかわらず、行為の現実感だけがない。まるで、やけにリアルな夢を見たあとみたいに。

おそらくそれは、自分があそこまで欲望本位に振る舞えたのが信じられないからだ。加えて、あの沙百合が予想以上に淫らな女であったことも。

いつものように両手で吊り革を握り、宇喜田は車窓に映る自らをぼんやり眺めた。やけに疲れたふうであるものの、間違いなく見慣れた自分の顔。それだけに、あんなことをしたなんて信じられない。

いや、信じたくなかった。

なのに、脳裏には沙百合のあられもない姿が克明に浮かぶ。艶めく尻や、秘芯の淫靡な佇まいまでも。その部分が放つ濃厚な牝臭も、鼻奥に蘇った。

欲望を遂げたはずのペニスがふくらみ、ズボンの前を突っ張らせる。疼く分身をどうすることもできず、宇喜田は記憶の奔流に身を任せた。

『伊東さんは、こうやって僕にバックから犯されたかったんだろう？』

『あああ、そうですぅ』

『セックスが、チンポが好きなんだろ？』

『うう、す、好きぃ――』

欲望にまみれたやりとりが、全身を熱くさせる。あのとき、ふたりは上司も部下も関係なくただの牡と牝に、快楽を求めるケモノに成り果てていた。

だからこそ、あれだけの快感が得られたのだ。

妻とのセックスはもちろん、それ以前の女性関係でも、宇喜田は本能を剝き出しにして交わったことがない。どれだけ夢中になっても、理性まで失うことはなかった。

ところが、さっきは違った。あれは明らかに普段の自分ではない。

（おれは、あの子に狂わされているんだろうか？）

あの晩の満員電車から何かがおかしくなり、本来あるべきところからずれてしまったよう。彼女に出逢わなければ、こんなことにはならなかったはずだ。

しかし、本当に沙百合のせいなのだろうか。たしかに電車でも、さっきのオフィスでも、きっかけを作ったのは彼女だが。

（電車であの子にペニスを挿入したのも、会社でのスパンキングもセックスも、仕掛けたのはおれだ）

沙百合はむしろ抵抗していた。つまり、こちらが行動に移さなければ、このような事態は招かなかったということだ。

（じゃあ、悪いのはおれなのか？）

女性に対して、いや、誰に対しても、あんなふうに無理強《むりじ》いしたり、暴力的に振る舞うことなどなかった。それが、いったいどうして？

自らがまったく別の人間になってしまったようで、恐怖のようなものがよぎる。

ところが、あれこれ悩み続けるあいだにも、ペニスは萎えなかった。

――小さな咳払《せきばら》いが聞こえ、宇喜田はハッとした。いつの間にか、女性の後ろにぴったり密着していたことに気がつく。

（まさか――）

一瞬、沙百合ではないかと思った。けれど髪型が異なる。匂いも違う。わずかにこちらを向いた横顔は、部下の派遣社員よりもずっと若かった。まだ二十歳前後ではないだろうか。

頬を染めた娘が、わずかに身じろぎする。次の瞬間、悩ましい快感が腰のあたりに生じた。

（あ、まずい）

股間の猛りが若いヒップに押しつけられている。だから萎えなかったのだ。

このままでは痴漢だと疑われてしまう。宇喜田は焦って腰を引き、からだの向きを変えようとした。横にいた男が不機嫌そうに顔をしかめたのにもかまわず。

満員の車内で、そう簡単に離れることはできない。それでもからだを斜めにし、どうにか誤解されない体勢になれた。これなら勃起もおさまるだろう。

（……うん。これが本来のおれなんだ）

危ない橋を避け、何事も慎重に対処してきた。これからもそうするつもりでいる。地位と家族を守るためにも。

（やっぱり、何かがおかしかったんだ）

今日のことは何かの間違いだ。忘れたほうがいい。そして、本来の自分に戻るんだ。

そう自ら言い聞かせたものの、あんな目に遭わされた沙百合がどのような行動に出るかわからない。本当にセクハラ委員会に訴えるかもしれない。

(伊東さん、恨んでいるだろうな……)

何か言われたら、誠意を込めて謝ろう。彼女にもまったく非がなかったわけではないのだから、お互い様ということで納得してはくれないだろうか。

都合のいい考えであるとわかっている。しかし、今の宇喜田は、そうであってほしいと願うしかなかった。


管理職たるもの、部下よりも早く出社しなければならない。

自分が世話になった上司から教えられたことを、宇喜田は律義に守っていた。引っ越してからは以前より出社が遅くなったが、それでもオフィスには一番に入ることが彼の信条だった。

翌日、宇喜田がオフィスに入ると、すでに出社している課員がいた。

「おはようございます、課長」

挨拶をされ、驚きで立ち尽くす。自分が一番でなかったことに加え、それが派遣社員の沙百合であったからだ。

(まさか、おれに仕返しをするために――)

そんな考えが浮かんだものだから、すぐに挨拶を返すことができなかった。

「あ、ああ……おはよう」

口ごもりつつどうにか応えたものの、かなり間が悪かっただろう。それでも、沙百合は普段の淑やかな態度を崩すことなく笑みを浮かべ、自分のデスクで仕事の準備を進めた。

何か言ってくる様子はない。

(……べつに怒ってないのかな)

彼女は二十七歳と、いい大人なのだ。成り行きでああなったのは仕方がないと、諦めてくれたのかもしれない。

(それに、最後には伊東さんも感じていたんだし)

こちらばかりが責められる筋合いはないのだと、宇喜田は自らを納得させた。あとは、これからあんなことがないように気をつければいいのだと。

そうやって考えに耽っていたものだから、

「課長、こちらの決算書、チェックをお願いします」

知らぬ間に沙百合が目の前に立っていたのに、宇喜田はかなり驚いた。

「えっ!?　ああ、うん」

心臓を高鳴らせながら書類を受け取り、動揺を悟られぬよう、しかめっ面をこしらえる。だが、彼女の顔を見ることはできなかった。

「課長、コーヒーはいかがですか?」

「ん?　そうだね、いただくよ」

書類に目を落とし、眉間のシワを深くしたまま宇喜田は答えた。沙百合が「では」と踵《きびす》を返し、サーバーのほうに歩きだしてようやく顔をあげる。

タイトミニに包まれたヒップが軽やかにはずむところに、彼の視線は自然と注がれた。魅惑の丸みは、あんなことがあったあとだから余計に、色気を満々と湛《たた》えているように感じる。

(あの尻に、おれは——)

可憐なツボミの佇まいと、そこにペニスを突き入れて射精したときの締めつけが蘇る。悩ましさが募り、宇喜田は椅子の上で尻をもぞつかせた。

(今も下着を穿いてないんだろうか?)

パンティラインが見当たらず、まさかと思う。もしそうであるのなら、昨日の今日である。完全にこちらを誘っていることになりはしないだろうか。

類い稀な艶尻を責め苛《さいな》みたい欲望が頭をもたげる。サーバーからコーヒーを注ぐ後ろ姿を凝視し、いつしか宇喜田は書類の端を握りしめていた。

(――馬鹿な。何を考えているんだ)

あれだけ後悔し、反省したはずなのに、また同じ過ちを繰り返そうとしている。なんて意志が弱いのかと我ながら情けなくなった。

宇喜田は頭を左右に振り、邪念を追い払った。ところが、沙百合が身を屈めて棚からミルクや砂糖を取り出すところを、また性懲りもなく窃視する。

(やっぱり穿いてない……)

真後ろに突き出されたヒップに、下着のラインは浮かんでいない。Tバックかもしれないという選択肢を外して、宇喜田はそうに違いないと決めつけた。

けれど、もうそれに惑わされることはない。

(またおれを誘ってるのか)

左右に揺れるたわわな丸みに、むしろ闘志を燃やす。そっちがその気ならと、すっかり挑戦的な心境になっていた。

(したければ、誘惑でも何でも勝手にすればいい。おれは二度と、その手にはの

らないからな)

自らを戒め、宇喜田は魅惑の臀部から視線をはずした。あとは書類の数字のみを睨みつける。

「どうぞ」

沙百合がコーヒーを運んでくる。彼は素っ気なく「ありがとう」と告げただけで、彼女の顔もボディも見ようとしなかった。

そういう毅然《きぜん》とした態度が、やはり正解だったようだ。

それから数日は何事もなく過ぎた。沙百合も誘惑をしかけてこないし、上司と部下の関係が崩れることもない。宇喜田は平凡な毎日を心から歓迎した。

(もう二度とあんなことがあってはならないぞ――)

それが自分と彼女のためでもあるのだと、信じて疑わなかった。

2

営業課は外回りが多く、朝礼のときを除けば、すべての課員が揃《そろ》うことは滅多《めった》にない。むしろほとんど出払って、わずかふたり三人しか残らないことのほうが多かった。

宇喜田は課長だから、だいたいデスクにいる。それから、沙百合も書類作成が主な仕事であり、出社から退勤までオフィスで過ごすのが常であった。

つまりふたりは、会社にいるあいだはほとんど同じ空間で過ごしていた。

その日の午後も、オフィスには宇喜田と沙百合、それから入社二年目の町田鈴《まちだすず》香《か》という女子社員の三人しかいなかった。

「あの、伊東さん。この見積書、書式はこれでいいんでしょうか？」

鈴香が机越しに身を乗りだし、数枚綴《つづ》りの書類を沙百合に手渡す。ふたりは向かい合った席にいて、鈴香のデスクは宇喜田のすぐ前だ。

「そうですね……価格が合っているかどうかは別にして、書式は問題ありませんよ」

「よかった。じゃあ、あとは数字だけチェックすればいいんですね」

鈴香はホッとした表情で見積書を受け取り、「ありがとうございました」と頭を下げた。

二年目でも、未だ新人っぽさが抜けていないかに見える彼女は、仕事も一所懸命。ただ、なかなか結果に結びつかないタイプの社員だ。

八重歯と広めのおでこがチャーミングな人好きのする容貌ゆえ、鈴香は課員全員から可愛がられている。しかし、本人が今のままではいけないと自覚しているのか、努力を惜しまないところが感心だ。すぐ目につく席にいることもあり、宇喜田もアドバイスを惜しまなかった。

「見積書なら、データをいただければわたしが作りますよ」

沙百合の言葉に、若い女子社員は首を横に振った。

「いえ。外回りのやり方を憶えるより先に、デスクワークが完璧《かんぺき》にできるようにならなくちゃ駄目だって言われてますから」

「まあ、感心なのね」

言葉どおりの表情をしてうなずいた沙百合が、チラッとこちらに視線をくれる。

宇喜田はドキッとした。まるで、《課長がそんな堅いことを言ってるんですか?》と、咎めるような目つきだったからだ。

「やっぱり、必要なスキルは身につけておかないと。あたしなんて、特に不器用だから。伊東さんを見習わなくちゃって思ってるんです」

「あら、どうしてですか?」

「伊東さんはスキルがちゃんとあるから、どこの会社に行っても仕事ができるんですよね。そういうの、すっごく憧れるんです」

鈴香の目には、派遣社員でもみんなから信頼され、仕事を多く任される沙百合が、素晴らしいキャリアの持ち主であると映るのだろう。

「わたしだって、文書作成の基本的なところをおさえているぐらいですよ。ただ皆さんのお手伝いをしているだけなんですから。業種を問わずに仕事ができるのも、広く浅くやっているからで、何かに秀でてるわけじゃないんです」

ただの謙遜《けんそん》でもないふうに、沙百合がやけに生真面目な口調で反論したものだから、宇喜田は（あれ？）と思った。

（伊東さん、派遣社員ってことにコンプレックスでもあるんだろうか）

自身を卑下しているかに感じられたのだ。

「そうなんですか……？」

鈴香も戸惑いがちに目をパチパチさせる。

沙百合は気まずそうに口をつぐみ、机上のディスプレイに視線を戻した。会話が途切れ、オフィス内がちょっと妙な雰囲気になる。

それを敏感に察したか、

「あたし、コーヒー淹れますすね。伊東さんもどうですか？」

鈴香が席を立ち、明るい声で訊ねる。

「え？　ああ、お願いします」

「課長もいかがですか？」

若い娘の無邪気な笑顔に救われた気がして、宇喜田も頬を緩めて「いただくよ」と答えた。

はずむ足取りでサーバーに向かう鈴香は小柄で、営業用のスーツは正直似合っていない。着こなせていないというより、服に包まれているだけのようだ。無理に喩《たと》えれば、ブランド物の手提げに入ったネギみたいな感じか。

ボディのメリハリも不足しており、タイトスカートにもヒップの丸みが浮かんでいない。可愛いから彼氏ぐらいいるかもしれないが、セックスはしていても性の悦びに目覚めていないのではないだろうか。

セクハラじみたことを考えているのに気づき、宇喜田は慌てて思考をストップさせた。いつから女子社員をそんな目で見るようになったのか。

（まったく、どうかしている……）

これも沙百合のせいなのだ。決めつけて彼女に視線をくれた宇喜田は、思わず目を瞠《みは》った。

（まさか――!?）

沙百合は椅子を引いて、下半身だけをこちらに向けていたのだ。スカートを腿の付け根までたくしあげ、脚をほぼ直角に開いて。

ストッキングを着用していないナマ脚だが、下着はちゃんと穿いている。だが、穿いているからいいというものではない。

股間に喰い込む白い布は、淫靡な縦ジワを見せつける。内部の形状そのものを浮かびあがらせているようで、いっそ剝き身以上のいやらしさであった。

（どういうつもりなんだ？）

こんなときにどうしてと混乱しつつ、彼女の深部から目が離せない。

昂奮で喉が渇く。何度も唾を呑み込みながら、宇喜田は匂ってきそうなクロッチを凝視した。あのとき嗅いだ濃厚なフェロモンが思い出され、居ても立ってもいられなくなる。

気がつけば、沙百合がこちらをじっと見据えている。挑発的な眼差しであった。

それにも煽られて、全身に劣情が満ちる。

（犯したい――）

そんな衝動すらこみ上げたとき、

「課長、どうぞ」

不意に目の前に立ったものが、視界を遮る。宇喜田は反射的に怒りを覚えた。いいところを邪魔された気分だったのだ。

しかし、憤慨をあらわに無粋な人物を見あげたところで、鈴香の驚いた顔が目に入る。宇喜田は一瞬で我に返った。

「あの、コーヒーを」

怖《お》ず怖《お》ずと申し述べられ、気まずさを覚える。彼女はただコーヒーを持ってきただけなのだ。

「あ、ああ、ありがとう」

どういう顔をしていいのかわからなくなり、しかめっ面で礼を述べる。そのため、鈴香はさらに困惑した様子だ。

「どうなさったんですか？　怖い顔して」

「ああ、いや……ちょっと考え事をしてたんだ。驚かせて悪かったね。べつに何でもないんだ」

歯切れ悪く弁解すると、彼女は口許を緩めた。

「課長でもそういうことがあるんですね。ちょっとびっくりしました」

若い娘から笑いかけられても、ただ気恥ずかしいばかり。「どうぞ」とデスクに置かれた紙コップを、手に取ることもためらわれた。

（……まったく、どうかしてるのはおれのほうじゃないのか？）

性欲を持て余す男子中高生じゃあるまいし、何をギラついているのか。だいたい、もう誘惑にはのせられまいと心に決めたはずなのに。

「はい、これは伊東さんの」

鈴香の声に、宇喜田はハッとした。彼女は沙百合にもコーヒーを淹れたのだ。焦ってそちらに視線を向ければ、沙百合は椅子を戻し、下半身をデスクの下に入れていた。それはそうだろう。いくら同性でも、オフィスでスカートの中を晒しているところを見られるわけにはいくまい。

「ありがとう」

沙百合が品のある笑顔を年下の娘に向ける。ほんの今しがた、はしたない格好をしていたとは信じられない変わりようだ。

「どういたしまして」

鈴香は朗らかに答え、コーヒーを手に席へ戻った。ひと口すすってから「よし」と独りごち、仕事を再開させる。

沙百合もパソコンのキーを軽やかに打ち始めた。オフィス内に午後の物憂げな雰囲気と、コーヒーの香りが満ちる。

（ふう……）

心の中で深くため息をつく。どうにか落ち着きを取り戻した宇喜田は、机上に目を移した。

湯気のたつコーヒーの横に、ポーションミルクと砂糖のスティックが置いてある。宇喜田が砂糖を使わないことを、鈴香は知らないのだ。

（伊東さんはちゃんとわかってたのに……）

たしかに新人だが、宇喜田との付き合いは鈴香のほうが長いのである。もっとも、これは鈴香がどうのということではなく、沙百合がそれだけ気配りができる女性ということなのだろう。

（仕事もできるし、いい子なんだよな）

それなのに、どうしてあんな真似をするのか。

伊東沙百合がどういう人間なのか、さっぱりわからなくなる。宇喜田は縋る思いで彼女のほうを見た。

（え――）

驚愕のあまり、からだが強ばる。沙百合がまたもスカートの中を晒していたのだ。

上半身は普通にデスクに向かい、キーボードを叩き続ける。だが、下半身だけがはしたないポーズをとっていた。明らかに、宇喜田だけに見せるために。

普段と変わらぬオフィスの中に現れた、淫靡な光景。そこだけが非日常的であるがゆえに、たまらなくエロチックであった。学生時代に、たまたまクラスメートのパンチラを目撃したときみたいに、胸が妙にドキドキする。

これがふたりっきりであれば注意をすることも、あるいは知らぬふりをすることもできたはず。ところが、なまじ第三者が存在していたがために、宇喜田には言葉を発することも無視することも不可能だった。

咎めれば鈴香に知られ、沙百合が恥をかくことになる。それが彼女を逆上させ、このあいだのことを暴露されるかもしれない。

また、鈴香がいるものだから余計に、いったいどうなるのかと気になる。そのうち若い女子社員に気づかれ、ひと騒動持ちあがる可能性も否定できなかった。

どちらにしろ、この場にいる自分が巻き込まれることは必至だ。

宇喜田は混乱し、動揺した。そして、沙百合が自分を惑わすためにこんなことをしているのだと気づく。

（しばらく何もなかったのに……）

彼女も忘れてくれたのだろうと思っていた。だが、やはり甘かったのか。

まだ怒っているのかもしれないと考え、ますますどうすることもできなくなる。

こちらが何らかの反応をすることで、手酷いしっぺ返しがあるように思えた。

その間にも二十七歳の美脚は、開脚角度を大きくする。パンティは底部まで大胆に晒され、もはやスカートを穿いていないも同然だった。

サイドをフリルで飾られたクロッチは幅が狭い。そのため、陰部周辺のくすんだ肌まで覗く。恥毛も何本かはみ出していた。

（なんていやらしいんだ）

沙百合が平然と仕事を続けているものだから、いっそう卑猥な光景に映る。もしかしたら、ただの誘惑ではないのかもしれない。彼女は自分に試練を与えているのではないだろうか。

（駄目だ、このままじゃ）

抗い難い欲望と戦い、宇喜田は理性を最大限に奮い起こした。視線を机上の書類に戻し、そちらに集中しようとする。

ところが、凝視こそせずとも、完全に無視することは不可能だった。気になって、ついチラチラと見てしまう。そんな覗き見感覚がいっそう情欲を煽り、気がつけば宇喜田は勃起していた。

疼くペニスが劣情を煽り、さらに落ち着かなくなる。こめかみが痛くなるまでに眉間のシワを深くし、懸命に気を逸らそうとするものの無駄であった。

おまけに、沙百合は信じられない行動にでたのである。

(まさか——)

危うく声に出しそうになり、どうにか呑み込む。彼女は左手だけでキーボードを叩き、右手を股間に忍ばせたのだ。

人差し指、中指、薬指の三本がクロッチに添えられ、中指だけが縦ミゾを引っ掻《か》くように動く。ディスプレイを見つめる表情は変わらないものの、内腿が時おりピクリとわななくから、悦びを得ているのは間違いなかった。

(こんなところでするなんて……)

真っ昼間のオフィス。しかも他に同僚がいるのに、沙百合は下着を晒してオナニーに耽っているのだ。

あまりに大胆すぎる振る舞いに、宇喜田は現実感を失っていた。悪い夢でも見ているのか、あるいはこの世界そのものがまやかしなのか。自身の存在すら危ういものに感じられた。

それでも、目にしているものがとてつもなく淫らであることに違いはない。

(たまらない――)

宇喜田がそうしたのは、決して自らの意志ではなかった。気がつけばズボンの前を開き、硬くなった分身を摑み出していた。

「むぅ」

目のくらむ悦びに鼻息がこぼれる。筋張った胴を握り、ゆるゆるとしごくだけで、脳が蕩けそうな愉悦が生じた。早くも滲み出たカウパー腺液が、鈴口周辺をしとどに濡らす。

(やめろ。こんなことをしちゃいけない――)

そんなこと、わかっている。見つかったら取り返しがつかなくなることも承知していた。

けれど、やめられなかった。こちらにまったく顔を向けない沙百合に、宇喜田は操られていたのだ。

《ほら、気持ちいいでしょ?》

頭の中に声が聞こえる。それに煽られ、右手の動きが大きくなった。

(気持ちいい――)

歓喜に脳が蕩け、まともな考えができなくなる。椅子の軋みもまったく気にならなかった。

《もっと見て……わたしのいやらしいところを》

沙百合もクロッチをめくり、中指で恥唇を直にまさぐった。

性器そのものは指に隠れ、はっきりと見えない。だが、濡れた指に恥毛が絡むところは、そこから甘酸っぱい秘臭が漂ってきそうなほど生々しい眺めだ。

そこまでになれば、彼女も平静を保つことは難しかったであろう。

《ねえ、あなたも感じてるの?――》

沙百合の頬には赤みが差し、吐息もはずむ。左手も休みがちになり、ディスプレイを見つめる目が悩ましげにまばたきをする。かなり高まっているようだ。

もちろん、宇喜田のほうも。

(こんなに感じるなんて……)

今にも昇りつめそうに、下半身が甘美にまみれている。滴って泡立つ先走りが、小さな粘つきをたてた。

オフィス内で密かに続けられる、男女のオナニー。気のせいか、室内の空気も淫靡な熱気に支配されているようだ。

おそらく、若い女子社員はそれを敏感に察知したのだろう。

「課長、おからだの具合が悪いんですか？」

鈴香の問いかけに、宇喜田は全身を強ばらせた。

「いや——だいじょうぶだ」

どうにか答えたものの、心臓は今にも壊れそうに鼓動を打ち鳴らす。持病などないはずなのに、ほとんど発作みたいに胸が苦しくなった。

それでも、達するところだった屹立を強く握りしめる。

「でも、顔が赤いですし、さっきから苦しそうにされてましたよ」

鈴香が心配というより、訝る眼差しで訊ねる。宇喜田の様子がおかしいことに、たった今気がついたわけではなさそうだ。

（まさか、ずっと見ていたんじゃ——）

だとすれば、沙百合を見る目がギラついていたのもわかったに違いない。派遣女子社員に邪な気持ちを抱いていると誤解されたのではないか。

もっとも、誤解とは言い切れないのだが。

さすがにオナニーをしていたとは思いもしないだろう。けれど、尋常でないことは察した様子。表情に不審の色が浮かんでいる。

「ちょっと熱っぽいけれど、心配するほどのことはないよ。まあ、たしかに最近疲れやすいけれど、もう年だからね。仕方ないさ」

冗談めかして答えても、鈴香はまだ納得し難い顔つきだ。おそらく、コーヒーを出したときにも妙な態度だったからだろう。

「本当にだいじょうぶなんですか？」

今にも立ちあがって、こちらに歩み寄ってきそうな鈴香に、宇喜田は焦った。そばに寄られたら、そそり立ったままのペニスを見られてしまう。

さりとて、ズボンにしまうこともできない。何をごそごそしているのかと、かえって怪しまれるだけだ。

危機的状況に背すじが冷えるのを感じたとき、宇喜田は視界の隅に衝撃的な光景を捉えた。沙百合が腰を深く折り、ほとんどデスクに突っ伏す姿勢になったのだ。

両腿がギュッと閉じられる。股間に手を挟み込んだまま、彼女は体軀《たいく》をワナワナと震わせた。

(イッたんだ——)

声こそ出さなかったものの、アクメを迎えたのは間違いあるまい。鈴香の注意が宇喜田に向いているのをいいことに、こっそり昇りつめるとは。

真っ昼間のオフィス内でのオナニー。そしてオルガスムス。信じ難くも淫らな出来事に煽られて、宇喜田も思わず爆発しそうになった。

「く——」

目のくらむ快美に奥歯を嚙み締め、ペニスの根元を強く握る。熱い粘りが鈴口からトロッと溢れた。

「え、課長?」

鈴香が怯えたふうに目をパチパチさせる。上司の理解し難い反応に、完全に引いているようだ。

「——いや、何でもないから」

荒ぶる呼吸を抑え込み、声を震わせて告げる。だが、若い女子社員の蔑んだ眼差しに、心が折れそうだった。完全に不審を買ってしまったらしい。

(くそ、何だっておれが……)

どうしてこんなことになったのか。情けなくて涙が出そうだ。そのとき、

「課長、この計算書なんですけど」

沙百合がすっくと席を立つ。いつの間に身なりを整えたのか。おまけに、絶頂に達したばかりとは思えない、落ち着いた物腰だった。

（さっきのあれは芝居だったのか!?）

いや、額に汗が光り、頬に赤みが残っている。こちらに向かう足取りも、ほんのわずかだがフラついていた。

何より、彼女の全身から、なまめかしい色香が振り撒《ま》かれていた。まさに匂いたつというほどに。

ともあれ、これで鈴香の追及を逸らすことができる。

「ああ、何だい？」

宇喜田は沙百合に向き直った。ところが、彼女がデスクを迂回《うかい》し、左隣にやって来たのに戸惑う。

（まずい、見られる――）

二度もセックスをしたとは言え、未だにどう接すべきかわからない間柄だ。煽られて一緒にオナニーをしていたなんて、できれば知られたくはない。

それに、もしかしたらペニスをあらわにしていることを、鈴香の前で暴露されるかもしれないではないか。

（ひょっとしたら、これは罠だったのか!?）

咄嗟にその考えが浮かぶ。あのときの復讐《ふくしゅう》をするために、上司たる男を辱めるために、彼女はあんな行動に出たのではないか。宇喜田が破廉恥な真似に及ぶことを見越して。

そんな馬鹿なと一笑に付すことができなかったのは、それだけ沙百合の行動が理解し難かったからだ。そういう意図でもない限り、あんなことはしないだろう。もうおしまいだと、絶望感に苛まれる。ところが、ほとんど密着しそうに近づいた沙百合は、特に騒ぎたてることもなく書類をデスクに置いた。宇喜田が未だはち切れそうな肉勃起を握っているのを、しっかり目撃しているはずなのに。

おまけに、彼女が持ってきた書類は白紙だったのだ。

（え？）

訳がわからずふり仰ぐなり、沙百合が身を屈める。彼女の髪がはらりと垂れて頬をかすめたものだから、宇喜田は焦って視線をデスクにもどした。

ふわり――。

甘くて切なくなる香りが鼻先に漂い、頭がクラクラする。一方で、全身を優しく包み込まれる心地がした。

「ここの数値が合わないんですけど、チェックしていただけますか？」

沙百合が左手で白紙の一カ所を指差す。もちろん数値などないから、要は話を合わせろということなのだろう。

（助けてくれるのか？）

藁《わら》にも縋る思いで、宇喜田は「ああ、どれ」と書類を確認するフリをした。彼女もこうなったのは自分のせいであるとわかっているから、尻ぬぐいのつもりで救いの手を差しのべたのかもしれない。

だが、この隙にとペニスをしまおうとしたところで、沙百合の右手がそこにのばされた。

（え——!?）

反射的に抵抗しかけたものの、

「じっとしてて」

耳元で囁かれ、動きが止まる。あとはどうすることもできなかった。

（何をするつもりなんだ？）

白紙に目を落としたまま、宇喜田は身を強ばらせた。この状況では、とにかく穏便にやり過ごすしかなかった。

勃起を握っていた手がはずされ、代わりに沙百合の指が絡みつく。しなやかなそれが筋張った胴をさするなり、腰が震える悦びを与えてくれた。

（くう、気持ちいい……）

目の奥が絞られ、視界が狭まる。しゃくりあげた分身が、新たな透明汁を溢れさせた。

彼女の出した書類が白紙でなく、仮に本物だったとしたら、おそらく数字がぼやけて読めなくなっていただろう。いや、仮に読めたとしても、頭の芯が蕩けて計算などできない状態であった。

（この指で、彼女はオナニーをしていたんだ——）

さっきまで秘部をいじっていた指が、ペニスに触れている。そう考えると、目がくらむほどに淫らな心持ちになった。

まだ愛液がこびりついているであろう指が、肉根をキュッと握る。包皮をスライドさせ、本格的な愛撫へと移行した。

「く……」

洩れそうになる喘ぎを圧し殺し、宇喜田は書類チェックのフリを続けた。しかし、どうかすると感覚のすべてが快感に支配され、自分が何をしているのか、どこにいるのかすらも見失いそうになる。

（そう言えば、伊東さんからこんなことをされるのは初めてだ……）

満員電車でも触れられたが、摑み出されたあとは尻にこすりつけるばかりで、ここまで本格的な愛撫はされなかった。夜のオフィスで交わったときも、こちらが一方的に攻めるばかりだった。

だからこそ新鮮で、狂おしいまでに感じてしまうのだ。

宇喜田はぐんぐんと高まった。それを見抜いたように手の動きが本格化する。溢れるカウパー腺液が包皮と亀頭の隙間に入り込んで泡立ち、クチュクチュと卑猥な音をたてた。

それをかき消すためか、

「ここ、計算式は間違ってないはずなんですけど、合計金額に矛盾が生じるんです」

沙百合がもっともらしいことを口にする。落ち着いた素振りの彼女が、実はデスクの陰でペニスをしごいているなんて、誰が想像するだろうか。

そこでようやく鈴香のことを思い出し、宇喜田はそっと様子を窺った。

彼女は自分の仕事に戻っていたものの、チラチラとこちらに視線をくれる。さっきの宇喜田への不審が拭えないというより、今のふたりが気になる様子だ。

(おれたちのこと、何か感づいているのか?)

やはり密着しすぎだろうか。普通に上司と部下が話をする距離ではない。

それに、沙百合は普段とまったく変わりないが、自分はどんなふうなのか客観的にわからない。懸命に顔をしかめているつもりでも、目のくらむ愉悦に頬がだらしなく緩んでいるのかもしれなかった。

(ああ、あんなに見てる)

鈴香の視線を意識し、快感がさらに高まる。これでは露出狂と変わらない。

(何をやってるんだ、おれは。オフィスでこんなことを……町田くんもいるっていうのに――)

その自戒も、背徳的な悦びを増大させる。気づかれる恐れが多分にあるからこそ、宇喜田は昂奮していたのである。

あの満員電車のときと同じだ。誰に見られてもどうなってもいいという自堕落な思いが、快感をいっそう高める。

(じゃあ、伊東さんもそうだったのか?)

電車内の痴女行為も、オフィスでのオナニーも、見つかるかもしれないというスリルを求めてのものだったのか。ここでのセックスに抵抗を示したのは、誰かに見つかる心配のない、ただの男女の行為であったからか。

もっとも、そんなことをじっくり考える余裕は、宇喜田にはなかった。何しろ、終末がすぐそこまで迫っていたのだ。

(——どうするんだ?)

このまま爆発するのか。それとも我慢して、愛撫を中止させるのか。

下半身が甘く痺れる悦びにまみれ、宇喜田は最終判断を迫られた。しかし、決定権を握っていたのは彼ではなく、沙百合であった。

「もうすぐでしょ?」

吐息にまぎれる囁きが、耳たぶをくすぐる。途端に、宇喜田は抗いようもない甘美に包まれた。

「いっぱい出して……鈴香ちゃんが見ている前で射精するのよ」

若い女子社員の目がこちらに注がれていることに、彼女も気づいてのだ。そして、上司たる男がその事実に昂ぶっていることも。

柔らかな指が分身を忙しく摩擦する。沙百合の甘い香りにむせ返りそうになりながら、宇喜田は意識を飛ばした。

（あ、いく——）

頭の芯がキュウッと絞られる。腰の裏にある蝶番《ちょうつがい》がはずれる感覚があったあと、めくるめくオルガスムスが急襲した。

「ん……あ——」

溢れる声と情感をどうにか抑え込む。その代わりに、宇喜田は濃厚なエキスを勢いよくほとばしらせた。

びゅっ、びゅるッ、ドクッ——。

放物線を描き、白濁液がデスクの下に飛び散る。

（ああ、出ちまった……）

咄嗟に脚を開いたものの、一部はズボンにもかかった。けれど、そんなことにかまっていられないほど、彼は蕩けるエクスタシーに支配されていた。

濃厚な栗の花の匂いが立ちこめる中、沙百合の指が陰茎を根元から尖端へと強くしごき、牡のエキスを搾り出す。最後の一滴がトロリと溢れ、強ばったものが力を失くしたところで、ようやく指がはずされた。

「ふう、ハァ——」

長々と燻《くすぶ》り続けるオルガスムスに頭が朦朧《もうろう》として、何も考えられない。胸が張り裂けそうにふくらみ、呼吸が少しもおとなしくならなかった。

「課長、本当にお加減が悪そうですね。医務室にいかれたほうがいいですよ」

沙百合の言葉に、宇喜田は弱々しくうなずいた。

「あ、ああ……そうするよ」

実際、鈴香が怪しむ目つきで睨んでいたから、そうでもしないことには誤魔化しが効かなかったろう。

「この計算書は、わたしのほうでもう一度チェックしておきますから」

「うん、頼むよ……」

「承知しました。あ、町田さん」

「え？」

沙百合にいきなり呼びかけられ、鈴香はきょとんとなった。

「小杉《こすぎ》主任から、商品サンプルを運んでおくように言われてたの。悪いけど、手伝ってもらえないかしら？」

「あ、はい。いいですよ」

「じゃあ、開発部までいっしょにお願いしますね」

「わかりました」

ふたりが連れ立ってオフィスを出てゆく。と、沙百合が思い出したように戸口で振り返った。

「課長、ちゃんと医務室に行ってくださいね」

もう一度念を押したのに、宇喜田は力なく返事をした。

「ああ、わかった」

ふたりの姿が消えてから、宇喜田はノロノロと立ちあがった。抽出しからティッシュを出し、項垂《うなだ》れたペニスを拭う。それをズボンの中にしまってから、デスクの下のザーメンも後始末した。

しつこい粘つきがなかなかとれず、何枚もの薄紙を無駄にする。嗅ぎ慣れた青くささにも、情けなさとやり切れなさが募った。

(何だってこんなことに……)

鈴香の蔑んだ眼差しを思い返すと、酷く惨めな気分になる。あとは沙百合がうまくフォローしてくれることを願うしかない。

最後に消臭スプレーで〝証拠湮滅《いんめつ》〟をしてから、宇喜田は医務室に向かった。とりあえず栄養剤でももらっておこうと考えたのだ。

3

次の日曜日——。

宇喜田は久しぶりに、妻の麻紗美と都心のデパートにいた。子育てと家事ばかりの毎日では気が滅入《めい》るだろうと、買い物に連れ出したのだ。

もちろん、愛娘も一緒に。

「パパ、だいじょうぶなの？　最近疲れ気味みたいだったけど」

ベビーカーを押す夫に、麻紗美が心配そうに訊ねる。

「ああ、平気だよ」

無用な気遣いをさせぬよう、宇喜田は笑顔で答えた。

疲れ気味だったのは間違いない。けれどそれは、肉体的な疲労ではなかった。

あの日、沙百合がうまく話してくれたのか、鈴香はその後不審をあらわにすることはなかった。ただ、疑惑を完全に払拭《ふっしょく》するには至らなかったらしい。声をかけたときに身構えられることが未だにある。

まあ、その程度は仕方あるまい。あとは時間が解決してくれるよう願うだけだ。

むしろ宇喜田が気にかかるのは、沙百合のほうだった。

あれから彼女は、誘惑など仕掛けてこない。おかしな行動に出ることもなかった。

しかし、また何かあるのではないかと、宇喜田のほうが怯えていた。

おかげでオフィスでも、沙百合に対して妙に腰が引けていた。そのあたりも、鈴香に身構えられる原因かもしれない。何しろ彼女はすぐ近くの席にいて、ふたりのやりとりが自然と目に入るのだから。やはり何かあったのではないかと勘繰っている可能性がある。

そんなこともあって、精神的にまいっていたのだ。麻紗美と出かけたのは、宇喜田自身憂さ晴らしをしたいという思いがあったからだ。

そのデパートは子供連れやベビーカーでも気軽に来店できるよう、設備から商品の陳列にまで配慮が行き届いていた。食堂街も、子供向けのメニューがちゃんとある店ばかりだとか。

——という情報をネットで得てやって来たのであるが、麻紗美はかなりお気に召したようだ。

「いいわね、ここ。通路が広くてベビーカーでもすいすいだし、小さな子供や家族向けの商品も充実してるじゃない」

そして、久しぶりの買い物を心から愉しんでいる。あちこちの商品を手に取り、彼女のほうが子供みたい目を輝かせていた。

いつもは時間のかかる女の買い物に辟易《へきえき》することが多いが、今日の宇喜田はご機嫌な妻を微笑ましく感じた。対面型のベビーカーの中で、一歳の娘もあどけない寝顔を見せており、家族でいることの幸せを噛み締める。

(ここに来てよかったな)

こういう平和な時間を、自分はずっと求めていたのだ。

沙百合とあれこれあった後ろめたさから、宇喜田はそう自らに言い聞かせた。これからもこういうひとときを大切にしようと、密かに誓う。

(そろそろお昼か。たしか食堂街は最上階だったな)

幼い子供がいるため、外食もほとんどできなかった。どこで何を食べようかと考えるだけで、気持ちがはずんでくる。

そうやって家族サービスを満喫していたとき、

「あら、課長」

背後から声をかけられ、ビクッとする。聞き覚えのある声に、どうしようもなく顔が強ばった。

怖々《こわごわ》と振り返れば、案の定沙百合であった。

「ご家族でお買い物ですか?」

屈託のない笑みを浮かべて寄ってくる彼女に、宇喜田は言葉少なに「ま、まあ」とうなずいた。妻と一緒のときに会いたくなかったという思いに加え、会社とは印象の異なる身なりに戸惑った部分もある。

沙百合はオフホワイトのリボンブラウスに、七分丈のジーンズ。シンプルながらもお洒落《しゃれ》な装いだ。

ミュールから覗く爪先には赤いペディキュアが施され、メイクもいつもより鮮やかに感じられる。肩にかけたバッグは有名ブランドのもので、いかにも休日のショッピングを愉しむ独身女性という雰囲気だ。

「あら、会社の方?」

麻紗美が気がついて振り返る。

「ああ、ウチの課の派遣社員で——」

宇喜田が説明するより先に、沙百合が自己紹介をする。

「奥様ですか、初めまして。わたくし、第二営業課に派遣されました伊東沙百合と申します。宇喜田課長にはいつもお世話になっております」

礼儀正しい挨拶に、麻紗美はすぐ好感を抱いたようだ。

「こちらこそ初めまして。宇喜田の家内です」

笑顔で挨拶を返し、興味津々《しんしん》という顔つきで問いかける。

「この近くにお住まいなんですか？」

「いえ、郊外のほうです。お休みなので買い物に出たんですけど、そうしたら偶然宇喜田課長の姿をお見かけして」

「そうだったんですか。派遣っていうことは、やっぱり営業のお仕事を？」

「いえ、わたくしはもっぱら事務のほうです。以前勤務したところでも、ずっとデスクワークばかりでした」

はきはきと答える沙百合に、そのうちとんでもないことを言い出すのではないかと、宇喜田は気が気ではなかった。さっさとどこかに行ってくれないかというのが本心で、ベビーカーのハンドルを握りしめたまま焦れていたのである。

だが、通り一遍のやりとりだけで終わってくれる雰囲気ではなかった。

「実は、わたしも主人の会社の派遣社員だったの。それでこのひとと知り合って、結婚したんだけど」

麻紗美がくだけた口調になり、自分のことまで話しだす。普段はこんなふうにおしゃべりをする機会があまりないから、ここぞとばかりに口が動きだしたようだ。

「まあ、そうだったんですか。それじゃ、奥様も事務職を?」

「いいえ、わたしは営業のほう。今は専業主婦だから、あの頃が懐かしいわ」

「でも、家事もけっこう大変ですよね。あ、こちらがお子さんですね」

沙百合がベビーカーを覗き込み、「可愛いわ」と明るく声をはずませる。

子供を褒《ほ》められて悪い気がする親などいないから、麻紗美はますます彼女を気に入ったようだ。

「パパ似なのよね、木乃実《このみ》ちゃんは」

一緒になってしゃがみ、嬉しそうに我が子を見つめる。これまで会社関係の人間と顔を合わせたときには、宇喜田の背後にいてあまり言葉を交わさないようにしていたのに。やはり同性で、世代もそう離れていないから、気を許したのだろう。

「本当に、目もとが課長にそっくりですね。このみちゃん……どんな字を書くんですか?」

「草木の木に、乃はこんな字で、実は果実のジツなの」

麻紗美は手のひらに指で字を書いた。

「素敵な名前ですね。宇喜田課長が名づけられたんですか？」

「そう。木曜日に生まれたから木乃実って、ちょっと安直なんだけど」

「そんなことないですよ。可愛い名前ですし、自分が生まれた曜日がわかるっていうのもいいですよね」

「うふ、ありがとう」

会ったばかりなのに、ふたりはすっかり親しくなったようだ。

だが、宇喜田は少しも喜べなかった。肉体関係を持った部下と、妻が顔を合わせているのだ。平然としていられるほうがおかしい。

「木乃実ちゃん、おいくつなんですか？」

「一歳になったばかりなの。つかまり歩きができるようになったから、家でも目が離せなくって。こうして寝ているときが一番可愛いわ」

「でも、これからおしゃべりもするようになるんでしょうし、可愛い盛りですよね。いいなあ。わたしも子供が欲しくなっちゃいます」

「伊東さんはおいくつ？」

「二十七です。まあ、子供がどうのっていうより先に、彼氏をつくらなくっちゃいけないんですけど」

「あら、いないの？　こんな素敵な方なのに、もったいないわ」

「素敵だなんて。仕事ばかりで面白みのない女ですから」

「そんなことないでしょ。とってもチャーミングだわ。ねえ、パパ」

麻紗美が振り仰いで同意を求めたのに、宇喜田は咄嗟に言葉が出てこなかった。頭が真っ白になり、うろたえかけたところで館内放送が流れる。

『ただ今から、四階婦人服売り場で――』

上の階でタイムサービスが行われるというお知らせだった。

「あ、これ、行かなくっちゃ」

麻紗美が浮き足立つ。話が逸れてくれて、宇喜田はホッとした。

「ああ、でも、たぶんひとがいっぱいだろうから、木乃実を連れていくと大変かしら」

「だったらおれがみてるから、ひとりで行ってくればいいよ」

この気まずい状況をどうにかしたくて、宇喜田は提案したのである。けれど、妻が心配そうに首をかしげた。

「パパひとりでだいじょうぶ?」

「ああ、おとなしく寝てるから心配ないさ」

「起きて泣き出すかもしれないわよ」

それを言われると、正直不安だった。娘をあやして泣きやませるのは、宇喜田が最も苦手とすることだったのだ。

「だけど、そんなに時間はかからないだろ?」

「んー、どれだけいいものがあるかにもよるけど」

「だったら、わたしも一緒に木乃実ちゃんをみてますわ」

すっくと立ちあがった沙百合の言葉に、宇喜田はドキッとした。まさかそう出てくるとは思ってもみなかったからだ。

「でも、だいじょうぶ?」

「はい。従姉《いとこ》の赤ちゃんの面倒をみたことがありますから、泣かれてもちゃんと対処できると思います」

「あら、だったらお願いしようかしら。伊東さんがいてくれれば、パパも安心できるわよね」

麻紗美もそれがいいという顔になる。沙百合が夫とあやしい関係にあるなど、想像すらしていないようだ。

　ということは、ここで宇喜田がヘタに拒んだりしたら、かえって妻に勘繰られることになる。

「そうだね。安心して行ってくればいいよ」

「ええ、そうするわ。伊東さん、すみませんけどお願いしますね」

「はい。ごゆっくりどうぞ」

「それじゃ──」

　麻紗美は小走りでエスカレーターのほうに向かった。

　ふたりが離れてくれて、宇喜田はとりあえずホッとした。だが、今度は沙百合とどうすればいいのかわからなくなる。

　もちろん、こんな場所でおかしなことにはなるまい。だが、何事もなかったかのようにたわいもない話をするのもわざとらしい。

　言葉をかけることもできず押し黙っていると、沙百合がベビーカーの脇にしゃがみ込んだ。まるで、宇喜田と顔を合わさなくても済むように。

（伊東さんも気まずいんだな……）

　そう思っていたのであるが、

「課長は、奥様から『パパ』って呼ばれてるんですね」

彼女のほうから話しかけてきた。もっとも、こちらをふり仰ぐこともなく、目を合わさないままで。

「え？　あ、ああ」

「素敵な奥様ですね」

「うん……まあ」

「ずいぶんお若く見えますけど」

「十歳年下だからね。でも、もう三十五だよ」

「そうなんですか。もっとお若いのかと思いました」

淡々とした口調なものだから、何を考えているのかさっぱりわからない。黙っているのも気まずいから、やむなく会話をしているふうでもある。しかし、

「あんな素敵な奥様がいるくせに……」

そのつぶやきは、明らかになじっていると聞こえた。

（何だよ。もともとの原因は君だろ!?）

内心ムッとしたものの、宇喜田は反論しなかった。こんな場所で言い合いなどしたくないし、自分にも責任があるのはたしかなのだから。

そのとき、不意に気がつく。沙百合のブラウスは丈が短く、ジーンズも浅穿きだから、背中のかなり下の部分まであらわになっていたことに。

それこそ、尻の割れ目が覗きそうなところまで。

(またノーパンなのか?)

いや、ほんのちょっぴりであるが、ベージュ色の布が見えた。ローライズのボトムに合わせた下着を穿いているだけらしい。

それでも、セクシーな眺めであることに違いはない。宇喜田は焦って視線を逸らしたものの、けれどまたチラチラと見てしまう。子供も一緒なのに何をやっているのかと、自己嫌悪に苛まれながら。

「うえ……」

突然、絞られるような声が聞こえる。目を覚ました娘がむずかりだしたのだ。

宇喜田は焦ったものの、沙百合は落ち着いたもの。手を素早く幼子のおしりの下に差し入れた。

「おむつが湿ってますね。替えはどこですか?」

「ああ、ここに」

ベビーカーのハンドルに引っかけたバッグを示すと、沙百合はすぐに立ちあがった。周囲を見まわしてトイレの案内表示を見つけると、そちらに向かってベビーカーを押す。赤ん坊の父親を振り返ることなく。

「あ、ちょっと――」

宇喜田は慌ててあとを追った。

4

デパートの身障者用トイレは、赤ちゃんのおむつも替えられるように、簡易ベッドが備えつけられていた。もちろんベビーカーのままで入れるし、夫婦そろって世話ができるだけの広さもある。

宇喜田はすべて沙百合に任せるつもりでいた。しかし、彼女が「いっしょに来てください」と招いたものだから、仕方なくふたりでそこに入った。何があるわけではないとわかっていても、多少の後ろめたさを感じながら。

「そこ、閉めてください」

言われて、入り口のドアをロックする。その瞬間、何かいけないことをするような気分になり、宇喜田は頭を左右に振った。気を落ちつかせるために、中の様子を観察する。

　明るくて清潔なそこは、洋式の便器さえなければ、トイレには見えなかっただろう。洗面台も汚れ物が洗えるぐらいに広いし、ティッシュペーパーやガーゼの小型タオル、おしり拭《ふ》きも置いてあった。

（本当に至れり尽くせりだな）

　これなら、子供連れの家族は、毎回このデパートを訪れるだろう。リピーターを増やすためには、こういう気配りが大切なのだ。

（ウチの幼児向けおもちゃも、ここに仕入れてもらえばきっと売れるぞ）

　どのぐらい扱ってもらえているか、あとで調べよう。目の前のことから意識を逸らすために、宇喜田はわざと仕事のことを考えた。

「はい、いい子ね、木乃実ちゃん」

　幼子をベッドに寝かせ、沙百合が手際よくおむつを替える。不機嫌そうにぐずりだすと、バッグの中からお湯の入った哺乳瓶《ほにゅうびん》を出し、温度を確認してから吸い口を含ませた。

（うまいものだな）

　後ろから眺めながら、宇喜田は感心した。いつもはすぐに泣き出す娘が、おとなしくしていたからだ。

喉が渇いたのか、貪《むさぼ》るように白湯《さゆ》を飲んだ我が子が、再び寝息を立てだす。濡れたものを素早く取り替えてもらえたから、安心して眠りの続きに入れたのだろう。

「可愛いわ……」

ベッドに肘《ひじ》をついて赤ん坊を真上から見つめ、沙百合がつぶやく。前傾姿勢の彼女のヒップは真後ろに突き出されており、宇喜田の視線は自然とそこに注がれた。

「よく眠ってる……いい子だわ。ちっとも泣かないのね」

聞こえた声に、それは君が上手だからと思ったものの、気恥ずかしくて口には出せなかった。ジーンズに包まれたむっちり臀部に心を奪われて、告げるタイミングを逃したせいもある。

はち切れそうな布には、下着のラインがくっきりと浮かぶ。丸みの下側が裾からはみ出しているのもわかった。浅穿きのパンティは、面積も小さめらしい。

「……木乃実ちゃんはいい子だけど、パパはいけないひとね」

また当てつけるつぶやきが聞こえた。ここまでしてもらっているから腹は立たなかったものの、一方的に責められるのは面白くない。
「いけないのは、僕だけじゃないと思うけど」
宇喜田の言葉に、沙百合は何も言い返さなかった。しばしの沈黙のあと、また
ポツリとつぶやく。
「今日はいけないことをしないんですか？」
彼女がどういうつもりでそんなことを言ったのか、咄嗟にはわからなかった。
けれど少し考えて、誘っているのだと理解する。
思わせぶりに揺すられるヒップが、それを教えてくれた。
（馬鹿な——）
こんな場所でどうしてと思ったものの、ここは密室なのだ。娘もいるが、スヤ
スヤと眠っている。充分にコトをいたせる状況だ。
おまけに、魅惑の艶尻が牡の劣情を煽るように、なまめかしく左右に振られる。
ぷりぷりとはずむたわわな丸みに、たちまち欲望が募った。
（何を考えているんだ、性懲りもなく）
戒めもまったく役に立たず、宇喜田はフラフラと沙百合の背後に近寄った。ジ
ーンズが張り裂けそうなヒップから目を離せずに。

（この尻がいけないんだ――）

責任を転嫁し、丸まるとした双丘に触れようとしたところで、沙百合がジーンズの前ボタンをはずした。さらに、自らつるりと剝きおろしたのだ。

現れたのは、ベージュの小さなパンティ。水着の下に着用するサポーターにも似ている。それが窮屈そうに臀部に喰い込むさまは、ノーパン以上にエロチックな眺めだったろう。

昂ぶりにまみれた宇喜田は、気がつくと床に跪《ひざまず》き、尻の割れ目に顔を埋めていた。沙百合が抗うように腰をくねらせるのもかまわず、深々と匂いを吸い込む。谷間にこもる蒸れた汗の香りが、薄布越しにもはっきりと嗅ぎ取れた。

「ちょっと、ヤダ」

沙百合がヒップをすぼめてなじる。だが、幼子を起こしてはならないから、強く抵抗できないらしい。

それをいいことに、今度はぷっくり盛りあがった陰部に鼻先をめりこませた。

（うわあ……）

濃厚な淫臭に、目の奥が痺れるのを覚える。チーズ臭が殊のほか強く、むせ返りそうだった。

鼻頭は明らかな湿りを捉えていた。表にはっきりしたシミは浮き出ていなかったものの、内部は明らかに濡れているようだ。それもおそらく生理的な分泌物ではなく、欲情の証《あか》したるものによって。

なぜなら、宇喜田がその匂いに激しく昂奮させられたからだ。

（もう、たまらなくなってるんだ）

本能で悟り、一刻も待ちきれずパンティを毟《むし》りおろす。あらわに晒された陰部には、恥裂に白い粘液が付着していた。

むん――。

エッジの立った恥臭が鼻腔になだれ込む。ケモノじみたフェロモンに抗いようもなく性器に口をつけ、花弁をかき分けて舌を差し込めば、温かな蜜がトロリと溢れた。

（いつの間にこんな……）

宇喜田がヒップを窃視しているのに気づき、昂ぶったのだろうか。それとも、最初から欲情していたところに宇喜田と出逢い、これ幸いと声をかけたのか。

だが、そんなことはどうでもよかった。ここにいるのはその気になったひと組の男女であり、結合を邪魔だてするものは何ひとつない。

「だ、駄目……汚れてるの、そこは」

沙百合が恥じらいの涙声でなじる。それでいて、女陰は物欲しげに舌を挟み込むのだ。

「お願い、早く」

急いた声で促され、ゆっくりできないことを思い出す。だが、もっちりして魅力的な尻と、淫靡な女唇から離れ難かった。

だから顔を限界まで密着させ、粘っこい恥蜜を舐めすすったのだ。

(ああ、素敵だ……最高の尻だ)

柔らかなお肉に顔を埋め、なめらかさと弾力を愉しむことまでする。なんてふくよかで、いい匂いなのだろう。

「ああ、あ……駄目なの、やだ――」

沙百合が嘆き、下半身をくねらせる。臀裂に鼻先が入り込み、アヌスの秘められた香りを嗅ぎ取ったところで強い欲望が生じた。

(挿れたい――)

牝を求める本能が、牡を衝き動かす。宇喜田は立ちあがり、ズボンとブリーフを膝までおろした。彼女も膝にジーンズとパンティを止めたまま、脚を限界まで開いて牡を迎える体勢になる。

展開が急だったからだろう、ペニスは八割ほどの勃起状態であった。けれど、恥裂に沿って亀頭をこすりつけると、たちまち最大限に硬化する。

「アー—くうぅ」

焦れったそうに呻き、沙百合がまた「早くぅ」と急かす。セックスをしたくてたまらなくなっているのだ。

「挿れるよ」

宇喜田も昂ぶりにまみれ、腰を送った。

ぢゅぷ——。

濡れた洞窟が男の猛りを受け入れ、淫らな蜜が脇から押し出される音がたつ。

「くぅ」

沙百合が短く呻き、背中を弓なりに反らす。声を出すまいと、懸命に堪えているようだ。

(ああ、入った——)

内部の熱さと、ヌメヌメした媚肉の柔らかさ、臀部と下腹の密着感も、牡の欲望を刺激する。デパートのトイレで慌ただしく結合したのに、これまで以上に深く繋がった心地がした。

もっと彼女が欲しくなり、宇喜田は長いストロークで女体を責め苛んだ。

「う……ア——あん」

なまめかしい喘ぎが洩れ聞こえる。上半身を支える沙百合の肩が、ワナワナと震えるのがわかった。

(おれはまた伊東さんと——沙百合とセックスしてるんだ)

終わったあと、また後悔するのだろう。けれど、その最中は行為に夢中になる。いや、セックスではなく、彼女に溺れているのだ。

「あふッ、あ、ああ、感じるぅ」

煽情的なよがり声にも、頭がクラクラするようだ。

赤子を庇《かば》うように上半身をかぶせ、その子の父親にバックスタイルで挿入される。沙百合がどんな心境でこの行為を受け入れているのか、宇喜田はまったく理解できなかった。

ただひたすら、己の欲望に従ってペニスを抜き挿しするのみ。天井のスピーカーから何やらアナウンスが聞こえたが、まったく耳に入らなかった。

ぬ……ぐちゅ——。

わずか数回ピストンしただけで、筋張った肉胴に白い濁りがべっとりと付着する。カス状の固形物も認められ、それだけ彼女が高まっていたことを知った。

(生理が近いのかな)

女はその時期にオナニーやセックスをしたくなると、男性週刊誌の記事で読んだことがある。妻が求めてくるのも、そのぐらいのときが多い。

だとすれば、今日は中で射精できるかもしれない。

(出したい……沙百合の中に、たっぷりと注いでやりたい)

そう考えるだけで、抽送に熱が入る。柔ヒダが絡みつく穴を、宇喜田は抉るように犯した。

「きゃふっ、くぅ、ふぅううう一ン」

沙百合が仔犬《こいぬ》のように啼《な》く。

(ああ、気持ちいい)

乱立する粘膜のヒダが、敏感なくびれをぴちぴちとはじく。そこからむず痒《がゆ》くも蕩けそうな快美が生じた。肉棒を押し込むと尻割れがすぼまり、同時に中もキュッと締まる。

濡れて生々しさを際立たせる肉棹が出入りする真上に、可憐なツボミが見える。

物欲しげに収縮するそこに、かつてペニスを突っ込んだのだ。キツく締められ、瞬く間に射精した。

思い出して背すじが震える。見た目が愛らしいからこそ、またその部分を嬲《なぶ》りたくなった。

宇喜田は人差し指を口に含んだ。唾液をたっぷりまつわりつかせると、放射状のシワの中心に突き立てる。

「ひゃうッ」

沙百合がのけ反ったときには、第一関節までが直腸に侵入していた。そして、キュウッとキツく締めつけられる。

「い、いや、そこは」

苦しげな声と、括約筋の咎める反応にも怯《ひる》むことはない。宇喜田は牝穴を貫きながら、秘肛を執拗にほじった。

「くぅ、いやぁ、あ、あ、駄目ぇ」

嘆きながらも、彼女は快感を得ていたはず。なぜなら、ペニスが忙しく出入りする脇から、ジュクジュクと愛液をこぼしていたのだから。

それでも、悦びよりは羞恥《しゅうち》のほうが勝っていたらしい。

「いやいや、ぬ、抜いてぇ」

すすり泣きまじりのお願いを、宇喜田は無視した。沙百合が嫌がれば嫌がるほど、もっと苛《いじ》めたくなったのだ。

「も、もぉ、ヘンタイ」

沙百合はアヌスと一緒に膣も強く狭め、牡の絶頂を促した。

「ああ、もう……早く出してよぉ」

一刻も早く辱めから逃れたい様子だ。

(本当はもっと長く愉しみたいんじゃないのか?)

もっとも、場所が場所だけに、悠長に交わり続けるわけにはいかなかった。それに、麻紗美がすでに買い物を終えているかもしれない。

宇喜田はピストンに集中した。リズミカルに腰をぶつけ、たわわな尻肉を波打たせる。秘肛に挿れた指は動かさなかったものの、抽送に合わせてキュッキュッと締めつけられた。

「うう、あ、あぅ、いい……いいのぉ」

沙百合も愉悦に漂いだす。ハフハフと呼吸をはずませた。

膣の最奥が熱く蕩ける。溢れた淫汁で、ふたりの股間はベットリと濡れていた。

それがピタピタと飛沫《しぶき》のたちそうな音を奏でる。

（ああ、なんて気持ちいいんだ）

上昇にあわせてピストンを激しくすると、先に沙百合が昇りつめた。

「あ、イク」

呻くように告げ、下半身をワナワナと震わせる。内部がキツくすぼまり、アヌスも指を締めあげた。

「うはっ、あ、イクイク——いくぅッ」

抑えきれないアクメ声が、個室内にわんと響く。それに煽られて、宇喜田も終末を迎えた。

「むうう」

心地よい締めつけの奥に、激情のエキスを噴射する。

びゅるッ、ドクッ、びゅくんッ——。

目のくらむ歓喜に膝がガクガクして、立っているのがやっとだった。

（ああ、中に出しちまった……）

断りなくほとばしらせたものの、駄目とは言われなかった。おそらく安全日なのだろう。

「はぁ、ハァ……」

沙百合の息づかいを耳にしながら、宇喜田はアヌスの指をはずした。続いて腰をゆっくりと後退させ、ペニスを引き抜く。

きゅぷッ——。

吸盤をはずすような音をたてて、亀頭が膣口からはずれる。一瞬空洞を見せた入り口に白い粘液が現れ、重みに耐え切れずトロトロと溢れ出た。

それらはすべて、膝に止まったパンティの中に滴り落ちる。

(こんなに出たのか)

自分でも驚くほどの量だった。

オルガスムス後の倦怠がくすぶる中、宇喜田は無意識のうちに、尻穴を犯していた指を嗅いだ。かつて以上に生々しい匂いが鼻奥を刺激し、途端に理性的になる。

(何をやってたんだ!?)

完全に目が覚めたという心持ち。尻を剝き出しにした沙百合を見ても、再び劣情が戻ることはなかった。

ヤリたい盛りの若者じゃあるまいし、デパートのトイレでセックスをするなんて。しかも、眠っているとは言え、我が子も一緒なのだ。

夢中で交わったあとだけに、心情的な落差が大きい。宇喜田は沙百合から離れて洗面台で手を洗い、ブリーフとズボンを引きあげた。同じ建物で妻が買い物をしていると考えると、ますます物憂くなる。

彼が身なりを整えたあとも、沙百合は同じ姿勢のままであった。

「おい、どうしたんだよ」

苛立《いらだ》って、つい乱暴な言葉づかいで呼びかけてしまう。しかし、彼女は動こうとはしない。スヤスヤと寝息をたてる我が子の上で、名残を惜しむように吐息をはずませ続けた。

第四章　資料庫に響く淫音

1

「ん、ん、ア——はぁ……」

バックから貫かれる沙百合が、圧し殺した喘ぎをはずませる。スーツのタイトミニを腰までたくし上げ、膝にパンストとパンティを絡みつけたままで。

色白のむっちりした尻肉を両手で摑み、長いストロークで肉棒を出し挿れする宇喜田も、洩れる息づかいを懸命に抑えていた。なぜなら、ここは会社の資料庫であったから。

枠組みだけの書類棚が所狭しと並び、窓がほとんどないため蛍光燈をつけても薄暗いそこは、物音や声が反響しやすい。勢いよく腰を打ちつけることもできず、自然とピストンもゆっくりしたものになる。

宇喜田はむしろそのほうがよかった。柔ヒダの佇まいや締めつけを、じっくりと味わうことができたからだ。

それに、恥蜜がたっぷりまぶされた淫道で、ペニスをにゅるにゅると摩擦されるのも心地よい。交わっている充実感も得られる。

「ああ、もぉ……」

満足できないのは沙百合のほうだったろう。腰をくねらせ、尻割れを物欲しそうに閉じる。それに合わせて膣内もすぼまった。

（ああ、気持ちいい）

宇喜田は焦らすように、相変わらずのスロー抽送で女体を責めた。

「も、もっと強くぅ」

おねだりを口にするものの、心置きなく行為に耽られないことは、彼女もわかっていたはずだ。

この資料庫は営業課のみならず、他の部署のものも保管してある。滅多にひとが訪れないとは言え、まったく誰も来ないわけではない。注意するに越したことはなかった。

今は午後三時を回ったところ。昼下がりの気怠い雰囲気にも包まれ、ふたりは一番奥まったところで性器を繋げていた。

書類棚が入り組んでいるため、入室者があっても直ちに発見される心配はない。だが、誰か来たらすぐに離れ、身なりを整えねばならない。

ひとつしかない出入り口のほうに、宇喜田は耳をすませていた。おかげで、肉ずれの音もはっきりと聞こえる。

ぢゅ……くちゅ、ちゅぷ――。

「ううう、あ、いやぁ」

沙百合が羞恥に呻き、頭をイヤイヤと振った。

(ああ、いやらしい……)

尻をまる出しにして牡を咥え込み、歓喜に身をよじる二十七歳の派遣社員。熟れた臀部は着衣のままであるがゆえに、いっそう眩《まぶ》しく艶めいて見える。

普段は真面目で淑やかな女性だけに、こんなところを同じ課の人間が見たら、さぞ驚嘆するに違いない。もっとも、見知った姿と淫らな痴態とのギャップに、男子社員であれば激しく欲情するだろうが。

そして、結合している宇喜田も、未だに信じられない気分だった。

(おれは会社の中で、沙百合とセックスしてるんだ——)

その思いも、四十五歳の課長を夢中にさせていた。

女芯に出入りする分身は、筋張った胴に白い濁りを付着させる。泡立って糸を引くそれは、女体が悦楽にひたっている証しでもあった。子宮口付近も蕩けて熱く、かなり高まっているようである。

「う、ああ……もっとぉ」

あられもないことを口走り、沙百合が「うっ、うう」と羞恥の嗚咽を洩らす。

それを耳にして、宇喜田の脳裏にあの日の出来事が蘇った。一週間あまり前。家族で出かけたデパートで沙百合と出会い、娘のおむつを替えに入ったトイレでセックスをしたときのことが。

互いに昇りつめたあと、なぜだか涙をこぼしていた沙百合に、宇喜田は焦った。誘われるまま交わったつもりが、彼女にとっては望まないことであったのか。無理やり犯されたと妻に訴えられるのではないかと狼狽《ろうばい》した。

けれど、沙百合は泣くまでには至らず、何でもありませんと涙を拭《ぬぐ》った。アヌスを辱められて、情緒が不安定になったのか。そう考え、宇喜田は悪かったと謝った。

もっとも、彼女のほうはきょとんとしていたから、そういうわけではなかったようだ。

身繕いをしてトイレを出ると、間もなく妻と合流。そのときも特に変わった様子を見せず、沙百合はこれで失礼しますと立ち去ったのである。

あとで宇喜田は考えた。どうして彼女は求めてきたのだろう。そして、なぜ涙をこぼしたのだろうと。

男が欲しくなっていたときにたまたま宇喜田と会い、誘惑を仕掛けたのではないか。たしか挿入前にそんなことを考えたはずだが、だとすれば、あの涙は自身の淫らさが嫌になったためと解釈できる。

しかしながら、はっきりしたことはわからない。それを本人に確認することもためらわれた。

休日明け、出社してきた沙百合に、特に普段と変わった様子は見られなかった。ただ、時おり憂鬱そうな顔をすることがあり、やはりあのことを後悔しているのかと、宇喜田は罪悪感を覚えた。

ところが、そうではなかったことを、程なく知ることになる。

鈴香も向かいにいる同僚のことが気になったようだ。彼女が大丈夫ですかと訊ねたとき、沙百合は声をひそめて打ち明けた。

『ちょっと生理痛が重くって……昨日から始まったの』

聞くともなく耳にした言葉に、宇喜田は安堵した。憂鬱の原因を理解し、そうするとデパートでのあれは、やはり生理前で肉体が疼いたためなのかと考える。

それから、満員電車のときもひょっとしたら――。

夜のオフィスで無理やりからだを繋げたとき、沙百合は当初その気を見せず、抵抗すら示した。あの日は中に射精することを許可しなかったから、生理前ではなかったはず。

つまり、彼女は生理が近くなると自らを抑えられなくなり、淫らな行動に出てしまうのではないだろうか。

一時はそう結論づけた宇喜田である。しかし、その推測は間違っていたと、今はわかる。

なぜなら、現在こうしてペニスに貫かれている沙百合は、生理前ではない。あれから一週間経つから、おそらく終わって間もないころであろう。なのに、宇喜田をこんな場所に誘い、セックスをねだったのである。

『抱いてくださらないと、わたしたちのことを奥様に伝えます』

脅しの言葉を口にされ、宇喜田は従うしかなかった。

もっとも、ふたりの関係を証明する何かがあるわけではない。仮に沙百合が暴露しても、出鱈目《でたらめ》だと突っぱねれば済むことである。

だが、宇喜田は嘘をつくのが下手だった。ただでさえ沙百合とのことを後ろめたく感じていたぐらいだ。もしも洗いざらい妻にぶちまけられようものなら、うろたえるばかりで少しも言い訳などできまい。

それに、麻紗美は沙百合に好感を持っている。あの日に別れたあとも、

『伊東さんっていいひとなのね』

と、宇喜田に同意を求めた。おむつの取替えが完璧だったことにも、子供がいないのにすごいと感心していた。

おそらく事実を暴露されれば、麻紗美は間違いなく沙百合を信じるだろう。だから従うしかなかったのだ。

もっとも、いざ始まってしまえば、宇喜田はすぐ夢中になった。

書類棚につかまった沙百合がヒップを突き出すと、命じられなくとも真後ろに跪く。スカートをめくり、パンストに包まれた丸みをあらわにするなり、そこに

むしゃぶりついた。

ナイロンのザラつきとお肉のもっちり感にうっとりしながら頬ずりし、甘ったるい香りにも心奪われる。そうやってさんざんに沙百合を焦らしてから、下穿きをすべて剝いだときには、秘部は透明な蜜でキラめいていた。

濃厚な恥臭に惹かれるまま、宇喜田はクンニリングスに耽った。乳酸菌飲料の匂いを漂わせるアヌスも舐め回し、さらには舌先も抉り込ませ、沙百合を執拗に辱めた。

そうやって秘部がドロドロになるまでオーラルプレイを愉しんでから、自らも下を脱ぎ、分身をねじ込んだのである。

「あうっ、う、くうう……イッちゃう」

沙百合が呻くように終末を告げる。淫らな腰づかいでヒップを揺すりたてた。

宇喜田はまだ余裕があった。リズムを崩さず、一定の振れ幅で肉根を出し挿れする。

「いい、い——あああ、イクの、イク」

アクメ声こそ抑え気味であったが、これまでで最も高い位置に昇りつめたのではないか。下半身が感電したようにビクッ、ビクンと痙攣し、それがなかなかおさまらなかったのだから。

「くはッ、ハア、はぁ……」

力尽きて床に坐り込み、呼吸を荒ぶらせる部下の女を、宇喜田は吐蜜にまみれた分身を脈打たせながら見おろした。

尻まわりこそまる出しのはしたない姿であったが、頬を染めて歓喜の名残にたゆたう姿に、慎みと淑やかさが感じられる。単純に男が欲しくて求めてきたようには見えなかった。

(この子はいったい、何を考えているんだろう……)

何度交わってもわからない。肉体を繋げれば繋げるほど、心が離れていくようですらある。

と、沙百合が濡れた瞳で見あげてくる。やけに色っぽい眼差しに、宇喜田はドキッとした。

「……出したいですか?」

簡潔な問いかけに、すぐには意味がわからなかった。彼女の視線が反り返る肉勃起に注がれていることに気づき、ようやくそういうことかと理解する。

「そりゃ……」

曖昧《あいまい》に言葉を濁すと、沙百合は坐ったまま腰を浮かせ、スカートを直した。あらわになっていた羞恥部分が隠されて、もうセックスをするつもりがないことを示す。

（これで終わりなのか？）

あるいは、最初から射精させるつもりなどなかったのかもしれない。宇喜田を満足させないまま放り出し、悶々《もんもん》とさせることが目的だったとか。

やはり復讐のつもりでと考えたところで、彼女の右手が屹立にのばされる。生乾きの淫液にまみれたものを、厭うことなく握った。

「あうっ」

不意を突かれ、宇喜田は腰をよじった。切なくなる悦びがじんわりと広がる。

「こんなに硬い……」

つぶやいて、沙百合が膝立ちになる。手にした猛りに顔を寄せ、スンスンと鼻を蠢かせた。

「エッチな匂いだわ」

牡と牝の生々しい臭気が混じったものに、うっとりした顔を見せる。

（手で出させるつもりなんだろうか）

オフィスで射精させられたときのことが思い出される。巧みな指づかいで早々に果て、机の下に体液を飛び散らせたのだ。

沙百合の手が動きだす。硬い芯をくるむ包皮をスライドさせ、ゴツゴツした感触を味わうようにしごいた。

「む……くうう」

快感がくっきりしたものになり、膝が震える。左手で陰嚢を捧げ持ち、すりすりと撫でられたのにも目眩がしそうなほど感じてしまった。

「気持ちいいですか?」

問いかけに、宇喜田は頭をガクガクと前後に振った。うなずいたというより、気持ちよさに耐え切れずそうなったと思われたかもしれない。

しなやかな指が、鈴割れに滲む先走りを亀頭に塗り広げる。包皮を完全に後退させ、あらわになったくびれの段差も潤滑液を用いてこすった。

「くああ、あ、むふぅ」

くすぐったくも、腰の裏がゾクゾクする悦びが生じる。すぐにでもほとばしらせたくて、けれどしごかれるほど刺激が強くないから、なかなかイキつけない。焦らされるのに等しい快感に、涙が滲んできた。

(まさか、お返しじゃないよな……?)

ゆっくりしたピストンで焦らされたことを、根に持っているのだろうか。もっとも、それにしては丹念な愛撫であった。

陰嚢の縫い目部分も、指先でくすぐられる。会陰《えいん》から汗ばんだ鼠蹊部に至るまで、執拗になぞられた。

狂おしい悦びに、宇喜田は坐り込みたい気分だった。立っているのがいよいよ困難になり、ずるずると後退する。

沙百合は膝立ちのまま、それについてきた。後ろの壁にからだをあずけてひと息ついたとき、彼女が勃起にむしゃぶりつく。

「くぉおおお」

一気に半分ほどが呑み込まれ、舌を絡みつかされる。ニュルニュルと動くものが、こびりついていた先走りやセックスの名残をこそげ落とした。少しも厭う様子を見せず、唾液に溶かして喉に落とす。

(沙百合がおれのペニスを)

彼女にフェラチオをされるのは、考えてみればこれが初めてだ。

ピンク色の唇に捉えられた武骨な肉棒は、端正な顔だちと比較するため、より凶悪的に映る。痛々しさすら覚える眺めであった。

それでいて、わずかにへこんだ頬や、めくれあがった唇がやけにいやらしい。陰嚢がキュッと持ちあがり、新たな先走りがジワジワと溢れる。

それもすべて飲まれているのだ。

「ん……ンふ」

鼻息をこぼして男の陰毛をそよがせながら、沙百合は丹念に肉根をしゃぶった。唾液をたっぷりと出し、温かな中に泳がせてくれる。

指づかいは明らかに快感ポイントを見極めてのものだったが、舌のほうは違う。技巧的ではなく、ひたすら味わうような動きだった。

そのとき、宇喜田の中にデジャ・ビュに似た感覚が生まれた。前にも同じことがあったというか、こういうフェラチオを以前にされたことがあると気づいたのだ。

いつだったかと考えるまでもなく、すぐに思い出す。妻の麻紗美が初めて自分のものを咥えたときのことだ。

(あいつは慣れてなかったから、ただ一所懸命舐めてただけだったんだよな)

そうすると、沙百合もフェラチオの経験があまりないのだろうか。

「ふう……」

濡れた唇がペニスからはずされる。彼女がひと息ついたのを見計らい、宇喜田は訊ねた。

「ひょっとして、こういうことをするのは初めて？」

沙百合はちょっとびっくりしたふうに顔をあげると、少しためらってから小さくうなずいた。

「初めてってことはないですけど……舐めるのも舐められるのも好きじゃなかったんです」

普段は真面目でも、一度肉体に火が点《つ》けば、あとは徹底的に淫らになるのだと思っていた。だから、オーラルセックスに抵抗があるというのは、正直意外であった。

「好きじゃなかったっていうのは、どうして？」

「……やっぱり、恥ずかしいですから。男のひとのモノを口に入れているところなんて、見られたくないですし。それに、自分のアソコも。見られるのは仕方ないにしても、匂いを嗅がれたり、舐められたりするのは恥ずかしいです。特に洗ってないときには、イヤな思いをさせてるんじゃないかって居たたまれないですから」

その、恥ずかしくて仕方ないことを、宇喜田はさんざんやってきたわけだ。

「じゃあ、僕にされるのもイヤだったのかい？」

「イヤっていうか……」

沙百合はペニスを握ったまま、考え込むように首をかしげた。

「恥ずかしいのは、今も変わりません。さっきだって課長に舐められて、死んじゃいたいぐらいに恥ずかしかったんです。生理が終わったばかりで匂いもキツいだろうし、おまけにおしりの穴まで――」

頬を紅潮させ、恨みがましげに睨んでくる。そんな彼女に、宇喜田はすまないと感じるより先に、背すじがムズつくほど昂ぶった。

「だけど、舐められてすごく濡れてたじゃないか。恥ずかしくても、気持ちいいのは間違いないんだよね」

「それは……でも、気持ちいいから濡れたんじゃなくて、恥ずかしいから濡れたんだと思います」

言ってから、沙百合がハッとしたようにうろたえる。何てことを暴露してしまったのかと悔やんでいるふうだ。

(そうすると、恥ずかしい目に遭わされることに昂奮するのか)

スパンキングをされたときも、秘部をぐっしょりと濡らしていた。あれも羞恥ゆえの反応だったのか。

考えてみれば、彼女が自ら誘惑を仕掛けてきたのは、満員電車の中、他に同僚のいるオフィス、デパートのトイレと、誰かに見つかる恐れのあるところばかりだ。そして、この場所もしかり。

(つまり、単にスリルを求めているわけじゃないんだな。見つかったときのことを想像して、自らを羞恥の極限状態に置いているってことなのか)

オフィスでのノーパンや、バイブの挿入も同じ意図なのだろう。あるいは宇喜田に咎められて反抗を示したのも、辱められる状況に持ってゆくためだったのかもしれない。

これまで宇喜田は、沙百合をバックから貫くばかりだった。魅力的なヒップに惹かれていたのは間違いないが、彼女のほうも自ら尻を差し出した。その体位しかできなかったわけでもないのに。

おそらく、それが最も辱められていると実感できるスタイルだからだろう。さらにアヌスまでほじられれば、ますます恥辱に燃えあがるというわけだ。

求めているものがわかり、ほんの少しだが沙百合に近づけた気がする。ただ、わからないのは、どうして彼女がそれを求めるようになったのかということだ。

「昔から好きだったのかい？」

問いかけに、沙百合はきょとんとした顔で見あげてきた。

「電車や会社の中でセックスをすることがさ。あと、トイレでも」

「そんなことないです！」

反射的に放たれた否定の言葉が、資料庫にわんと響く。沙百合はしまったというふうに顔をしかめ、口をつぐんだ。

取り繕って誤魔化しただけの発言とは感じられなかった。本当に、前からそういうことばかりをしてきたわけではないのだろう。

沈黙が続いたあと、沙百合はためらいがちにではあるが、口を開いた。

「いつからなんてわかりません。ただ、気がついたら、そういう願望を持つようになっていて……」

「じゃあ、実際に行動に移したのは？」

この質問にも、彼女は答えるまで時間がかかった。

「……わたし、あの満員電車が初めてだったんです」

「え？」

「課長とぴったりくっついたとき、なぜだかいやらしい気持ちが抑えきれなくなって、それで——」

伏し目がちに告げられた内容は、宇喜田を驚愕させた。痴女に違いないと確信したほどに、あれは慣れた行為に感じられたのに。

「じゃあ、あのときから？」

沙百合がコクリとうなずく。それから、強い意志を秘めた目で見あげてきた。

「この会社に来て、課長とお会いしたとき、とても驚きました。まさかこちらにいらっしゃるとは思ってもみませんでしたから。だけど、もしかしたらまたああいうことがあるかもしれないって考えたら、ちょっとだけ嬉しくなって」

最初の挨拶で見せた微笑には、そんな感情が隠されていたのか。

「僕が誰かにあのことをしゃべるとは考えなかったのかい？」

「はい。課長は絶対にそんなことはしないって、なぜだか信じられたんです。ただ、課長のほうからわたしに手を出してくることはないっていうこともわかりましたから、残業のとき、思い切ってあんなことを——」

告白に、愛らしい頬がピンクに染まる。ノーパンもバイブオナニーも、やはりこちらをその気にさせる意図があったのだ。

「だけど、他の男を求めたことは？」

「ありません」

沙百合はきっぱりと答えた。

「わたし、課長としか、ああいうことはしていません」

その言葉を聞くなり、宇喜田の中で激しい情動が巻き起こった。自分でも説明のつかないそれに、次の行動を促される。

「だったら、早く続きをしてくれないか」

宇喜田は彼女の頭を両手で摑むと、股間に引き寄せた。半開きの唇にペニスを押し込み、深くまで侵入させる。

「うぐ……けほッ」

むせるのもかまわず腰を前後に振り、部下の唇を凌辱する。これが欲しかったんだろうと、心の中で嬲る言葉を告げながら。

沙百合は涙をこぼし、それでも懸命に舌を絡みつけてきた。乱暴に動かされる牡器官を吸いたて、えずきながらも快感を与えようとする。

そんな彼女を目にすると、宇喜田の中に、ますます嗜虐的な衝動が湧《わ》きあがるのだ。

（何をやってるんだ、おれは——？）

胸の隅っこで、本来の自分が戒めを発する。けれどそれは行動を抑制する力を持たない。わずかな混乱と迷いをもたらしただけであった。

それらもたちまち消え去り、あとは悦びを求める本能に従うのみ。

「うう、出すよ」

唐突に襲来したオルガスムスに、宇喜田は声を震わせた。喉に届くほどに肉根を抉り込み、口内摩擦でたちまち昇りつめる。

「む、くぅうう、出る」

腰の裏に生じた爆発に目をくらませ、多量の樹液をドクドクと放った。

「ンぐッ——」

ザーメンで気管を塞がれた沙百合が、目を大きく見開く、それでも息を止め、喉を打つほとばしりを受けとめ続けた。

「ゲホッ！」

宇喜田がペニスを引き抜くと同時に、沙百合が咳き込む。下を向いてえずき、白濁液を床に吐き出した。

「ケホッ、えほ——うう、うえぇ」

苦しげに息をつき、髪を振り乱す。憐れな姿にも同情を覚えることなく、宇喜田は未だそそり立ったままの陽根を脈打たせた。

「……ひどいひと」

ゆっくりと顔をあげた彼女は、目もとをぐっしょりと濡らしていた。唇の端には精液が泡になってこびりつき、妖しくも淫らな風貌《ふうぼう》に胸が躍る。

「今度はわたしを——」

沙百合がフラつきながらも立ちあがる。スカートを腰までたくしあげると、再び書類棚に両手をついた。

「犯してください」

艶めく美尻を差し出しての要請。縦ミゾがぱっくりと割れ、羞恥帯があらわになっている。

花弁を逆ハート型に開いた肉唇は、白い蜜にまみれていた。口に出されたザーメンを塗りつけたのではないかと思えるほどドロドロだ。

(こんなにして……)

ツンと饐えたすっぱみが漂ってくる。彼女が口内への凌辱で秘部を濡らしたのだと、宇喜田はもちろん理解していた。彼自身、こうなっていることを行為の途中で期待していたのだ。

胸を歓喜に震わせ、牡を狂わせる尻の真後ろに進む。そそり立たせた分身を傾け、熱を帯びた淫唇にめり込ませた。

「ああ、早く」

尻肌を粟立たせてのおねだりに応え、宇喜田は女窟を勢いよく貫いた。

2

娘を寝かしつけた麻紗美が、蒲団に入ってくる。

「ね、抱っこして」

しがみついて甘える妻を、宇喜田は苦笑しつつ抱きしめた。

もともとそういう性格なのか、結婚してだいぶ経つのに、麻紗美は今でもたまに子供じみたスキンシップを求める。年の差があるから甘えやすいのだろうと思っていたが、彼女はこれを愛情表現だと主張して譲らない。

今も、宇喜田が「甘えん坊だな」とからかったのに、ムキになって反論した。

「違うわよ。わたしはパパのことが大好きだからこうするの」

「だけど、木乃実が大きくなって、おれにこんなふうに甘えてきたらどうするんだ。一度にふたりも抱っこするのは無理だよ」

「何よ。パパは奥さんと子供と、どっちが大事なの？」

理解に苦しむ質問に眉をひそめれば、麻紗美が得意げに解説する。

「木乃実は女の子だから、いずれこの家を出てお嫁にいっちゃうのよ。ずっとパパのそばにいるのは、わたしだけなの」

「つまり、娘よりも奥さんが大事ってことかい？」

「そういうこと」

大人げない論理にやれやれと思いつつ、たしかにそのとおりかもしれないとうなずける部分もある。

（たぶん、一生おれの隣にいるのは、麻紗美なんだよな）

そのとき、なぜだか沙百合の顔が浮かび、宇喜田は罪悪感を覚えた。

このところ一日か二日置きぐらいに、会社内でセックスを愉しんでいる。忙しいときや向こうが生理のときには性器を交わさず、オーラルセックスだけで満足することもある。

もちろん相手は沙百合だ。今日は女子トイレの個室で、互いに声を殺して交わった。

そんな爛《ただ》れた生活がよくないと、百も承知している。だが、沙百合に求められると拒めない。いや、宇喜田自身、彼女の誘いを心持ちにしている部分がある。

とは言え、妻と別れて沙百合と一緒になることは、まったく考えていない。自分はそうなることを望んでいないし、彼女も同じ気持ちだ。本人に訊《き》かずとも、そうに違いないと確信できる。

なぜなら、沙百合は辱められることを望んでいる。夫婦になったら、それは望めないのだから。

(麻紗美も、最初はけっこう恥ずかしがってたけど、今じゃだいたいのことは平気になったしなあ)

夫婦生活の変遷を思い返し、しみじみと思う。けれど、それで妻に幻滅するわけではない。むしろより近い存在になれたことに喜びを感じる。

だが、沙百合とはそうはなれない。もし何もかも分かりあえたら、そのときに関係は終わるだろう。

(つまり、今のままの状態が、しばらく続くってことなのか……)

最終的に沙百合のもとに向かうことはないにせよ、彼女とはひとときの快楽を貪りあっているだけの間柄であるにせよ、妻を裏切っていることに変わりはない。それから、まだ幼い娘も。

家族のためにも、やはりこんな不毛な関係は解消すべきなのだ。それが夫として、父親としての責任でもある。

そうとわかってても、なかなか断ち切れないのが現状だ。

あれこれ考え込んでいると、麻紗美の手がパジャマの中に忍んできた。ブリーフのゴムもくぐり、軟らかいままの器官を握ってくる。

「む……」

快さに腰がビクッとわななく。慣れた手つきでしごかれると、それはたちまち硬く膨張した。

「うふ、大きくなった」

嬉しそうに口許をほころばせる妻に、宇喜田は情愛を込めてくちづけた。舌を絡ませ、トロリとした唾液を受け取る。

出産後、回数が著しく減っていた夫婦の営みが、今では新婚時代の半分ぐらいまで戻っていた。満員電車で沙百合とセックスした晩に抱きあったのがきっかけだったが、その後も社内不倫の後ろめたさから、宇喜田は頻繁に妻を求めるようになった。

昼間は沙百合、夜は麻紗美。要は定期的にふたりを相手にしているわけだ。

不思議なもので、射精回数が増えたことで、減退したと思っていた性欲も復活した。それで疲れが溜まることもなく、むしろ活力が湧いてきたと感じる。

だから妻にしごかれただけで、すぐに勃起するのだ。昼間、沙百合の中にたっぷり射精したというのに。

「すごい……ガチガチだわ」

強ばりきった肉棒を指の輪で締め、麻紗美がため息まじりに言う。

「だけど、おれがこんなになったって、今日はできないんだろ?」

彼女は生理だった。始まったばかりだから、今週いっぱいセックスはおあずけである。

「だって、さわりたかったんだもん」

麻紗美が唇を尖らす。子供っぽい拗《す》ねた口調に愛おしさを覚え、宇喜田は頬に軽くキスをした。

「ね、手で出してあげるから、脱いで」

言われて、パジャマズボンとブリーフを膝までおろす。ちょっと考えてから、両脚をすりあわせて完全に脱いでしまった。

あらわになった夫の性器を、麻紗美は右手で肉棹をしごき、左手で玉袋を揉み撫でる。蒲団の中で、夫婦の体臭が溶け合った。

「気持ちいい？」

妻の問いかけに、宇喜田は息をはずませながら「うん」と答えた。どうすれば快いか知り尽くした愛撫に、感じないはずがない。

「だけど、いいのかい？」

「え？」

「キミだって疲れてるだろ」

「ああ、平気よ。わたし、こうするのが好きなんだもの」

その言葉が嘘ではないふうに、手の動きをリズミカルにする。本当に、心から愉しんでやっているようだ。

「これはわたしのなんだから。わたしがちゃんと気持ちよくしてあげるの」

夫のペニスを自身の所有物であるとする発言を、麻紗美はこれまでにもたびたびしてきた。しかし、このときの宇喜田は、思わずドキッとしてしまった。

(まさか、気づいてるわけじゃないよな)

他の女——沙百合との関係を見抜いているのではないかと深読みしたのだ。しかし、そういうわけではなく、いつもどおりの口癖であったらしい。もっとも、

「他のひとに貸しちゃダメなんだからね」

と、茶目っけたっぷりに続けられ、居心地の悪さを感じずにいられなかった。

「ほら、ヌルヌルが出てきた」

鈴口に滲むカウパー腺液を、麻紗美はくるくると亀頭に塗り広げた。そのヌメリを用いて、雁首《かりくび》の段差もこする。

「う……ああ」

宇喜田は喘ぎをこぼし、腰を震わせた。裸の脚を妻の太腿に絡みつけると、大きく開いた股間に彼女が両手を差しのべる。

「タマタマも固くなってるね」

縮こまった嚢袋を撫で、さらに指を奥まったところにすべらせる。会陰ばかりか、アヌスまでもツンツンと刺激した。

「あう、そこは——」

　宇喜田は慌てて尻をすぼめた。まったく快感がないわけではないものの、そんなところを愛撫させるのは申し訳ないという思いがあるからだ。もちろん入浴したときに、ちゃんと洗ったのだが。

　それでいて、自分がやるほうの立場になると、舐めたり指を挿れたりと、好き放題に辱める。おそらく、多くの男たちも同じようなものではないだろうか。

「なによ、パパはわたしのおしりをペロペロ舐めるくせに」

　麻紗美になじられても、そこは簡単に許す気になれない。腰を引き、手が届かないようにした。

「ケチ」

　仕方ないと諦めた彼女は、再び手を陰嚢に戻した。シワや縫い目を指先で丁寧になぞり、付け根の鼠蹊部もくすぐる。

「くうう」

　くすぐったさの強い快感に、下半身がビクッ、ビクッと痙攣する。いっそう力を得たペニスが反り返り、下腹を何度も叩いた。

　けれど、麻紗美はなかなか本体に戻らなかった。焦らしているわけではなく、愛撫を愉しんでいるのだ。陰毛が密集するところを洗髪するみたいに掻いたり、指に巻きつけて引っ張ったりもする。

（ああ、早く）

宇喜田はたまらなくなった。せがむように身をくねらせると、ようやく強ばりを握ってくれる。

「わ、さっきより硬くなってる」

ギュッと握り、根元からしごいて内部に溜まっていた先走りを搾り出す。それをくびれ部分にまぶしてから、本格的な手淫《しゅいん》に移った。

「う、くうう……むうぅ」

宇喜田は与えられる悦びのままに喘ぎ、身を震わせて呻いた。長い付き合いだから、妻の前では素直な反応を示すことができる。そうすると彼女のほうも、嬉しそうに白い歯をこぼした。

「可愛い、パパ。気持ちいい？」

照れくさい言葉をためらいもなく口にする。麻紗美にとって自分は、と言うより、すべての女性にとって夫や恋人は、子供と変わらぬ存在なのかもしれない。

「うん……すごく」

「出るときは言ってね。お口で出させてあげるから」

筋張った肉胴がこすられ、陰嚢への刺激が上昇を促す。腰が甘く痺れて間もなく、限界が訪れた。

「うう、出そうだ」

腰をカクカク揺すりあげると、麻紗美が急いでからだを起こす。掛布団がめくれ、裸の下半身が晒されると、宇喜田は仰向けになった。

「いいわ、出して」

告げるなり、うずくまった彼女が猛りを口に含む。頭部をピチャピチャと舐め回しながら、肉胴に指の輪を忙しく往復させた。

「く――う、うッ、あああ……いく」

脳内が蕩け、体軀がピンとのびる。四肢をわななかせて、宇喜田は歓喜のエキスを妻の口内にほとばしらせた。

レロッ、ねろり、チロチロ――。

精液を受け流しながら、過敏になった粘膜を舌が這う。腰が砕ける悦びに意識が遠のき、宇喜田は完全服従の姿勢で全身を波打たせせた。

チュウッ。

最後にひと吸いしてから、唇がはずされる。満足を遂げた肉茎は、陰毛の上にくてっと横たわった。

胸を大きく上下させ、まだ動けない夫の横で、麻紗美が抜き取ったティッシュに夫の子種エキスを吐き出す。薄紙に溜まったものを見て、「あーあ、もったいない」と残念がった。

それが、ちゃんとセックスをして出してほしかったという意味なのか、それとも、いずれ予定している第二子になるはずだったのにということなのか、宇喜田はわからなかった。ただ、なかなか引かない気怠さにまみれたまま、仰向けの姿勢をキープする。

「ねえ、下だけでもシャワー浴びたら?」

麻紗美に促されても、そうする気力がなかった。

「いや、いいよ」

「だったらウェットティッシュで拭《ふ》くとか」

「キミが拭いてくれよ」

「もう、子供みたいね」

ふくれっ面を見せながらも、ちゃんと後始末をしてくれる。そうとわかっているからこそ、宇喜田も甘えたのだ。

冷たい濡れ紙が、射精直後で過敏になった粘膜を撫でる。悩ましさの強い気持ちよさに、ペニスは半勃起状態のままであった。

会陰や鼠蹊部まで丁寧に拭《ぬぐ》ってから、麻紗美は自分の指も拭った。それから嬉しそうに掛布団を戻し、夫にしがみつく。

「ね、パンツ穿かなくてもいいでしょ？」

「え？」

「まださわっていたいの」

半萎えの肉茎を、しなやかな指が弄ぶ。むず痒い快さに、宇喜田はまあいいかとしたいようにさせた。

「あ、ちょっと待って」

一度手をはずし、彼女が何やらモゾモゾと身をくねらせる。再び抱きあったとき、なめらかなナマ脚が絡みついてきた。パジャマの下を脱いだのだ。

生理中だから、パンティは脱げない。それでも、できるだけ肌を合わせたかったのだろう。

いじらしさにくちづけると、嬉しそうに舌を絡ませてくる。指も軟らかな牡器官を捉えた。

「ね、そう言えば——」

唇をはずすと、麻紗美が思い出したように問いかけてきた。

「ん、なに？」

「あのときデパートで会ったひと、伊東さんだったわよね。本当に彼氏がいないの？」

沙百合の話題を出され、宇喜田は心中穏やかでいられなかった。ただ、妻の表情から勘繰っているわけではないと悟ると、努めて冷静に振る舞う。

「さあ、よくわからないけど。本人がいないって言ってたんだから、いないんじゃないのかな」

当たり障りのないよう答えると、麻紗美は合点がいかないふうに「んー」と首をひねった。

「嘘だと思うのかい？」

「そういうわけじゃないけど……あんなにチャーミングなひとなのに、本当にいないのかなって」

「魅力的な女性に、必ず恋人がいるってわけじゃないよ。現にキミだって、ウチの会社に来たとき独り身だったじゃないか」

「え、それって、わたしが魅力的だってこと？」

軽く受け流してくれればよかったものを、改まって追求されると照れ臭くなる。

それでも仕方なく、宇喜田は「そうだよ」と答えた。

「うふ、ありがと。わたしもパパのこと、大好きだからね。可愛い娘もいて、とっても幸せ」

胸に甘え、仔犬みたいに嬉しそうに鼻を鳴らす妻に、はからずも熱いものがこみ上げる。

（幸せ……か。たしかにそうだよな）

何も苦労がないわけではないものの、自分には愛する家族がいる。だからこそ仕事も頑張れるのだ。

「で、伊東さんの話は？」

話題を戻すと、麻紗美は「あ、そうそう」とうなずいた。

「恋人がいないのなら、見つけてあげたいなって思ったの。ほら、木乃実を見て、自分も子供が欲しいって言ったじゃない。あれ、きっと彼女の本音よ」

「え、そうなのかい？」

「間違いないわ。木乃実を見つめる目でわかったし、母親になりたい願望があるから、おむつだって上手に替えられたのよ」

たしかに、むずかる幼子をあやす手際も見事だった。やったことがあるからというだけで、あそこまでできるものではないだろう。それだけ本気になって学んだに違いない。

そのとき、宇喜田の背すじを冷たいものが走った。

(まさか、彼女がおれとセックスするのは、子供が欲しいから——)

一瞬、そんな考えが浮かんだものの、すぐに考え過ぎだと気づく。本当に安全な日でないと、沙百合は中に射精することを許さなかったのだから。そのことに関しては、慎重すぎるほどだった。

「伊東さん、二十七歳だったわよね。子供が欲しいんなら結婚は早いほうがいいし、彼女もそのあたりはわかっていると思うわ。二十代の後半なんて、あっという間に過ぎちゃうから」

「そう言えば、キミもおれと出逢ったときは、けっこう焦ってたよね」

「バカ」

脇腹をつねられ、宇喜田は「イテッ」と悲鳴をあげた。

「ただ、見つけるといっても、伊東さんや子供を養ってあげられるひととなると、けっこう条件が厳しいわね。彼女、すぐに子供が欲しいみたいだし。うちのパパみたいに、ちゃんと甲斐性《かいしょう》がある男のひとじゃないと駄目だわ。そうすると、けっこう年上かなぁ」

また沙百合と自分のことを言われた気がして胸が高鳴る。もちろん妻は当てつけているわけではなかった。

「養うって、伊東さんは結婚したら仕事を辞めるっていうこと？」

「うん。そのほうがいいと思う」

「それって、子育てに専念するために？」

「っていうか——」

麻紗美が迷ったふうに口ごもる。ちょっとためらってから考えを述べた。

「あのね、伊東さん、すごく疲れているみたいに見えたの。ストレスを溜め込んでいるっていうか、かなりまいってる感じで」

宇喜田はまったく気がつかなかったが、それこそ上司との淫らな関係に悩んでなのだろうか。少しもおさまらない胸の鼓動に、息苦しさを覚える。

「ストレス……」

「ねえ、伊東さんって仕事できるの？」

「え？　ああ、できるよ。今じゃウチの課で一番信頼されてるんじゃないのかな」

「てことは、期待に応えるために無理してるってことかしら？」

「いや、無理はしてないと思うけど。たしかに何でも引き受けて、残業になることはあったけど、もともと仕事が好きみたいだし」

「ふうん……」

麻紗美が訝るように首をひねる。そのとき、宇喜田の脳裏に何かの場面がフラッシュバックした。

（あれ、何だ？）

何かが胸に引っかかる。そう言えば一度だけ、沙百合が同僚相手に不自然なほど突っかかったことがなかっただろうか。

思い出そうとしたものの、妻の言葉がそれを遮った。

「パパもいいひとがいたら紹介してあげて。そんなに仕事ができるひとに辞められるのは困るだろうけど、彼女の幸せのためだもの」

「うん。さがしてみるよ」

「あ、それから、パパも気をつけてね」

「え？」

きょとんとする宇喜田に、麻紗美が顔を寄せてくる。目をまじまじと覗き込み、小さくうなずいた。

「最近は元気みたいだけど、前はかなり大変そうだったわ。この家を買って、引っ越してきたときから」

「そうかい？」

「うん。だからわたし、パパともっとエッチがしたかったけど、我慢してたんだもの」

子育てで疲れて、その気がないものとばかり思っていた。だから宇喜田も求めようとしなかったのだ。

けれど実際は、妻のほうが遠慮していたらしい。

（ああ、そうか。満員電車のせいだな）

仕事そのものは以前とほとんど変わっていないが、通勤でストレスを溜めていたのは間違いない。それで疲れているように見えたのだろう。

「あとね、パパが疲れてるのはわたしのせいかもしれないって、ずっと気になってたの」

「え、どうして?」

「だって、わたしが家が欲しいって無理を言ったから、パパはローンを払うためにも一所懸命働かなくっちゃいけなくなったんじゃない。通勤にも時間がかかるようになって、悪いことしたなって思ってたの」

麻紗美はすまなそうに首を縮め、「ごめんなさい」と謝った。

途端に、宇喜田の胸はすっと軽くなった。

「謝る必要なんてないさ。子供のためにも家を買ったほうがいいと考えたんだし、それでもキミが後押ししてくれなかったらまず買わなかったんだから。こうして家族が幸せでいられるのは、キミのおかげなんだよ」

愛する妻をギュッと抱きしめ、髪にキスをする。

「ありがと……」

麻紗美はクスンと鼻を鳴らし、おでこをこすりつけてきた。

「さ、もう寝よう。明日も早いんだから」

「うん」

リモコンで電灯を消し、夫婦抱きあって眠る態勢になる。もっとも、ペニスはしなやかな指に捉えられたままであったが。

そして、しばらく休憩したおかげで、縋るように揉まれるそれが力を蓄えだす。充血して伸びあがり、巻きついた指を解こうとした。

「あん、また大きくなった」

麻紗美がたしなめるように強く握る。けれどそれは、牡の欲棒に快さを与えただけであった。

「ねえ、もう一回出す？」

問いかけに、宇喜田は苦笑まじりに答えた。

「そんなことをしたら、本当に疲れちゃうよ。心配しなくても、このままでも眠れるからさ」

「ん、わかった」

ふわぁとアクビをした麻紗美が、指の輪で陽根にキュッキュッと力を加える。そんなふうにされたらますます眠れなくなると思ったとき、

「……ね、生理が終わったら、いっぱいエッチしてね」

半分眠った声でおねだりをする。宇喜田は「わかってる」と答えた。

「それから……本当に気をつけてね。パパのからだがいちばん大事なんだから」

「うん」

「わたし、本当に心配してたんだからね……パパが、ストレスを溜めてるんじゃないかって」

「おれはもうだいじょうぶだから。さ、寝なさい」

「うん……」

いよいよ眠りに入ろうとするところで、もう一度アクビをした麻紗美がつぶやくように言った。

「だって、以前のパパはたまに……本当にたまにだけど……ものすごく怖い顔をすることがあったから――」

3

二日後の昼休み――。

宇喜田と沙百合は会社の屋上にいた。

ただ、屋上とは言っても、くつろぎや憩いの場として設けられた場所ではなかった。ベンチはもちろん、金網のフェンスすらない。コンクリートの床にはあちこちにパイプが張り巡らされている。他に目につくのは給水塔や巨大な換気扇ぐらいで、上がってきたところで見るべきものはなかった。

当然、普段は施錠されており、一般社員の出入りは禁じられている。ここに用があるのはビルの管理者と、水道や電気関係の業者ぐらいか。あとは何か不埒な目的を持った者――。

この場に沙百合を誘ったのは、宇喜田であった。管理職の立場を利用して、鍵《かぎ》を手に入れたのである。

「……ここでするんですか?」

戸惑いをあらわにする沙百合に答えることなく、宇喜田は無言のままさっさと足を進めた。パイプを避け、ゴーと不愉快な唸りをあげる換気扇からも離れ、比較的静かな場所に移動する。

そこは吸水タンクが乗った四角い建物の陰であった。中からモーター音が聞こえ、決して静かとは言い難かったものの、いくらかはマシだ。

何より、ここより高い周囲のビルからも見られる心配がなかった。雨ざらしのコンクリートの床が薄汚れて、そこかしこにあるパイプが邪魔なのは仕方あるまい。

それでも、空を見あげれば少しは気が晴れる。

(いい天気だな……)

青空と、白い絵の具が掠れたような雲。実に開放的な気分だった。

「わたしは資料庫でもいいんですよ」

ようやく追いついた沙百合が、不服そうに言う。それでも、宇喜田につられて空を見あげると、「わあ」と感嘆の声を洩らした。

いつもは人目につかない場所で交わっている。ここも条件は同じであるが、青空の下ということで、普段とは異なる羞恥や征服感を味わえるだろう。

(今日という日には相応《ふさわ》しい場所だな)

ひとりうなずき、宇喜田は沙百合に向き直った。空を見あげ、頰を弛ませる彼女をじっと見つめる。

「あ――」

視線に気づき、二十七歳の女が頰を染める。わずかにヒップをもじつかせた。

今日の沙百合は、グレイのパンツスーツであった。行為に及ぶとなると、パンツと下着をずりおろさなければならない。

その場合、肌を晒す面積はそう変わらずとも、スカートをめくるときより羞恥は大きいはず。なぜなら、咄嗟に身繕いをすることが難しいからだ。

もっとも、今日はそれ以上の辱めを彼女に与えようと、宇喜田は考えていた。

（いや、その前に――）

どうしても確認しておかねばならないことがある。

「伊東さんがウチの社に来る前にいたところは、教材関係の会社だったよね？」

唐突な質問に、沙百合はかなり面喰《めんくら》った様子だった。

「はい、そうですけど……」

「率直に訊くけど、そのころは恋人がいたんじゃない？」

端正な美貌が突如強ばる。答えを聞かずとも、そのとおりであるとわかった。

そして、そんな顔をするということは、彼女にとって決していい思い出ではないということも。

「それは、同じ会社のひと？」

「いえ……」

「じゃあ、けっこう長く付き合っていたのかな。ひょっとしたら、結婚も考えていたんじゃないの？」

畳みかける問いかけに、虚を衝かれたふうに固まっていた沙百合が、ふうとため息をつく。観念したふうに肩を落とし、俯《うつむ》いた。

「……わたしのことを調べられたんですか？」

「いや、何も。ただ、妻の話を聞いて、もしかしたらと思ってね」

「妻……奥様から？」

「伊東さんのことを心配してたんだ。かなりストレスを溜めてるんじゃないかって。それから、早く結婚して子供を産んだほうがいいともね」

沙百合の顔が泣きそうに歪む。おそらく、彼女も自覚していたのだ。いろんなものに圧し潰されそうになっていたことを。

「……五年です」

「え？」

「そのひととは、五年付き合いました。わたしがこの仕事を始めて、最初に派遣された会社に勤めていたひとです」

「五年か……かなり長かったんだね。じゃあ、結婚も考えて？」

沙百合がコクリとうなずく。二十代の半分を、それも最も輝いている時期を一緒に過ごしたのだ。この先幸福な未来が待っていると信じていたのだろう。

「わたしは、もともと幸せな家庭を築くことが夢だったんです。旦那さまがいて、子供がいて、小さくてもいいから家があって……古くさくって、子供じみた夢ですけど」

「いや、そんなことはないさ。おれもそういうのが本当に大切だって思うよ。まあ、この年になってようやくわかったんだけど」

「ただ、その夢はわたしだけの夢で、彼は違ったみたいです」

将来のために、今のうちにお金を貯めなくちゃいけない。そのためにスキルを磨いて、仕事をバリバリ頑張ろう。彼女が仕事に打ち込んできたのは、そういう理由からだったという。

初めの頃は、恋人も理解してくれていた。けれど、沙百合ほど目的意識はなく、仕事への熱意もさほど湧かなかったらしい。

「彼と同じ会社に勤めたのは二年ぐらいでした。一緒にいる時間は短くなったけど、付き合いは続いてたんです。ただ、去年ぐらいに、彼がショックを受けることがあって」

「ショックって?」

「お給料が、わたしよりも低いっていうことがわかったんです。手当てとかは正社員のほうがいいはずなんですけど、それでもわたしのほうが高かったものだから、かなりショックだったみたいです」

　かつて派遣社員が持てはやされた時代もあったが、今はただ便利に使われる存在に成り果てている。何かと搾取される上に将来の保証もなく、つらい思いをしている者も少なくない。

　そんな中でそれだけの稼ぎがあるということは、相手の男がどうということではなく、沙百合が出来過ぎるのだろう。実際、この会社でも、彼女には決して安くない報酬を払っているはずだ。

「だけど、それだけ伊東さんが頑張ってたってことなんだから、彼氏もそれに負けないよう努力をすればいいだけの話じゃないか」

「でも、もともと彼は、その会社に入りたかったわけじゃないんです。この不況ですし、入れればどこでもっていう就職事情ですから。どうにかすべり込んだ会社がそこで、けれど最初は一所懸命頑張っていました。わたしもその姿に惹かれて、お付き合いを始めましたから」

　だが、そこに就職した理由すら定かでなかった人間からすれば、将来の目標を持って仕事に打ち込む沙百合は、自分とはまったく異なる存在に見えたのではないか。おまけに給料でもかなわないとわかったら劣等感が募り、卑屈にもなるだろう。

まして、プライドの高い男であればなおさらに。

「わたしはお給料のことなんか、べつに気にしてなかったんです。正社員ならこの先どんどんあがっていくでしょうし、いつかまた逆転されるに決まってますから」

「だけど、彼のほうはそうはいかなかったと」

沙百合がうなずき、小さなため息をつく。

「わたしは二十代も後半に入ってましたから、そろそろ結婚かなって考え始めていました。だけど、そういう話題を出すと、彼は途端に不機嫌になって……おまけに、仕事への熱意もどんどん冷めて、無断欠勤までするようになりました。そして、結局辞めることに——」

だらしない男だと、宇喜田はあきれ返った。もっとも、社会そのものが先の見えない状態であり、そうやってドロップアウトする人間は少なくないのかもしれない。

「彼はわたしに言ったんです。おれはお前みたいに優れた人間じゃない。才能もスキルもない、駄目な人間だって。だから、もっと金儲けができる男を見つけて結婚しろって」

「……それで、彼は？」

「田舎に帰りました。連絡をとってないので、何をしているのかはわかりませんけど」

沙百合はやり切れなさそうにかぶりを振り、目を潤ませた。

「わたしは、お金のある人と結婚したかったんじゃありません……いっしょに幸せな家庭を築いてくれるひとなら、それでよかったんです」

声を震わせての訴えが、胸に深く沁《し》みる。

宇喜田は、沙百合が年下の鈴香に称賛され、言い返したことを思い出した。

『わたしだって、文書作成の基本的なところをおさえているぐらいですよ。ただ皆さんのお手伝いをしているだけなんですから。業種を問わずに仕事ができるのも、広く浅くやっているからで、何かに秀でてるわけじゃないんです――』

自らの努力やスキルが恋人に劣等感を与えたことから、自分はそれほど大した人間ではないとあえて訴えたくなったのではないか。彼女にとって〝褒められること〟というのは、苦々しい過去を思い起こさせるばかりだったに違いない。

だからと言って、仕事の手を抜くことはできなかったのだろう。夢を実現するために努力する真面目な性格は、そうそう変えられるものではない。それに、未だ夢を諦めていないようでもある。

だから、おそらくは無意識のうちに、自らを卑しい存在に貶《おとし》めようとしたのではないか。

辱められ、淫らな行為に身をやつすことで、かつての恋人に拒まれた「優れた人間」から逃れようとした。単純に、夢の実現を中断されたストレスを解消するために、ひとときの快楽に逃れたのかもしれないが、根底には恥辱を求める気持ちがあったはずなのである。

そうでなかったら、宇喜田貞夫という人間をパートナーに選んだりはしないだろう。

(伊東さんにはわかったんだ。おれがどんな人間であるかが)

経験したことのなかった劣悪な通勤環境の中でも、宇喜田は自分を徹底してコントロールした。何事もないよう慎重にと、すべてのマイナス感情を抑え込もうとした。

当然ストレスはあった。けれど、発散する場所はない。会社ではもちろんのこと、家でも子育てに忙しい妻を気遣い、愚痴ることもなかった。すべては地位と、いや、何よりも家庭を守るためであった。

なっていたのだ。

だが、積もり積もったストレスは、知らぬ間に抑えきれないところまで大きく

『だって、以前のパパはたまに……本当にたまにだけど……ものすごく怖い顔をすることがあったから——』

妻に見せたという怖い顔。宇喜田自身は、まったく身に覚えがない。

もしもそのままで過ごしていたら、いずれ何かをしでかしていたかもしれない。一触即発の、爆発間近だった可能性もあるのではないか。

そんなときに出逢ったのが、沙百合だった。

彼女は本能的に悟ったのではないか。この男なら自分を行き場のない状況から救ってくれるだろうと。本来は抑圧的な人間だから、うまくコントロールすれば安全であるとも。

痴漢に間違われないよう、必死で両手を挙げる姿からも、容易に想像がついたと思われる。それでいて、妻ですら心配するほどの、怖い顔も見せていたのだ。自分と同類であると沙百合にはわかったのではないか。

そして、宇喜田は迷いながらも彼女のパートナーを務め、望むとおりに辱めた。だが、それにより、彼も知らぬ間にストレスを発散していたのである。

沙百合を犯すときの、もうひとりの悪辣な自分。あれは、ストレス過多で爆発寸前だった宇喜田の姿だったのだ。

まさにふたりは持ちつ持たれつの関係であった。偶然の出逢いがその関係をつくりあげ、意識せず助け合うことになったのだ。

そのことを、沙百合はまだ気づいていないらしい。少なくとも新しい恋人が見つかるまで、この日々が続くと思っているのではないか。

(だけど、それも今日で終わりだ——)

宇喜田は決めていた。このままでは沙百合が次に進めない。それに自分も、妻を裏切り続けることになる。

今こそふたりとも、新しく生まれ変わるべきなのだ。

「伊東さんの、次の勤務先が決まったよ」

唐突な報告に、沙百合はかなり驚いたようだ。

「え!?」

「僕の知り合いが勤めてる、外資系の商社なんだ。事務のできる派遣社員を求めてるって聞いてね。伊東さんはたしか、英語もできるんだよね?」

「え、ええ。いちおう勉強はしましたけど」

「なら問題はない。そこは仕事に意欲的な社員ばかりだし、外資系っていうこともあって、家族サービスもしっかりするよう社員に義務づけているそうだ。もっとも、独身社員のほうが多いそうなんだが」

「課長、わたしは——」

「そこならきっと、伊東さんと幸せな家庭を築いてくれる男が見つかると思うよ」

沙百合の目に涙が溢れる。クシャッと歪んだ顔は、やたらと幼く見えた。

「まあ、我が社に推薦できる男性社員がいればよかったんだが、探したけれどうも頼りなくてね。ああ、ウチの課の後任もちゃんと手配してあるから、何も心配することはないよ。伊東さんの件も含めて、人材派遣会社のほうとも話はついてるから」

「課長……」

「だから、僕たちのこういう関係は、今日で最後にしよう」

宇喜田はスーツの上着を脱ぎ、そばのパイプにかけた。さらにネクタイをはずし、ワイシャツも、スラックスも、下着に至るまですべて身から剝《は》がした。あいにく床が汚れているため、足元は靴を履いたままだが、これは仕方あるまい。

沙百合は目を丸くして言葉を失い、茫然《ぼうぜん》と立ち尽くしている。そんな彼女に向き直り、宇喜田は笑顔で告げた。

「君も脱ぐんだよ、沙百合」

名前で呼んだことで、瞬時にキャラクターが切り替わる。各々の役割を持った男女に。

「……はい」

従順な面持ちになり、沙百合はジャケットのボタンをはずした。羞恥とためらいを浮かべながらも、少しずつ肌をあらわにしてゆく。

（今日が最後だから――）

自らに言い聞かせ、宇喜田は若い女の脱衣シーンを食い入るように見つめた。

4

「綺麗だよ」

簡潔な褒め言葉に、頬をこれまでになく真っ赤に染めた沙百合が、肩をすぼめて俯く。命じられているから、バストトップも秘毛も手で隠してはいなかったけれど、今にもその場に坐り込みそうなくらいに身を震わせていた。

（本当に綺麗だ）

心の中で繰り返し、宇喜田は遠慮なく見知った女の裸身を眺め回した。

色白の肌は、日焼けの形跡がまったくない。どこまでも白く、どこまでもなめらかだ。

上半身は予想していたよりも華奢《きゃしゃ》だった。細い肩に、腕のラインもすっきりしている。それでいて、やはり艶を帯びた女体である。鎖骨の窪みが色っぽい。乳房のふくらみも控えめだった。手を被せると多少はみ出す程度だろうか。ポッチリ突き立った乳首は淡い褐色。腹部がすっきりとへこんでおり、体側がセクシーなS字カーブを描く。

その上半身と比較すると、下半身の肉づきがより際立って映る。だが、決して不格好ではない。上半身のあどけなさと、下半身の色っぽさが絶妙にマッチして、全体として魅惑のシルエットをつくりあげる。外国人モデルみたいなダイナマイトボディよりも、ずっと魅力的だ。

「後ろを向いて」

命じると、素直に回れ右をする。

やはり目立つのは、たわわに実って熟した尻果実。何度も愛で、何度も辱めた極上の丸みが、心を鷲摑《わしづか》みにして離さなかった。

（このおしりだけでも切りとってどこかに飾っておきたいな）

そんな猟奇《りょうき》的な考えが頭をもたげる。いや、実物でなくとも、シリコンか何かで象《かたど》ったものでもいい。もちろん、そんなことができるわけがなかったが。

双丘の下側が、左右対称の波形を描いている。そのセクシーなラインに見とれるあいだに、宇喜田の分身は血流を集め、水平にまで持ちあがった。

「こっちにおいで」

呼びかけに、沙百合がホッとしたように振り向く。だが、牡のシンボルを目にするなり、表情がわずかに強ばった。

いつもは牡の猛りを目撃しても、目の前に突き出されても、そんな反応を示すことはない。おそらくふたりとも全裸だからだろう。形状を変化させたペニスがセックスの象徴たる生々しいものに感じられ、怯《おび》えてしまったのではないか。

加えて、真っ昼間の屋上で恥ずかしい格好をしていることにも、緊張せずにいられないのかもしれない。

「ここに手をついて、おしりを突き出すんだ」

建物の壁をあごでしゃくると、沙百合は素早く従った。いつもそうしているから、ようやくペースを取り戻せると思ったのかもしれない。

だが、これが最後という思いから、宇喜田の責めはいつも以上に粘着的であった。彼女の真後ろにしゃがむと、丸まるとした豊臀を目の高さでじっくりと観察する。

（本当にいいおしりだ）

巨大な肌色大福をふたつ並べた感じか。惚《ほ》れ惚《ぼ》れしながらも、胸がドキドキする。一度でいいから寝転がれる場所で愉しみたかったと思う。

おそらく、この素晴らしい尻で顔面騎乗をされたら、それだけで昇天するのではないだろうか。

ないものねだりは諦め、宇喜田は鼻を寄せて艶尻をクンクンと嗅ぎ回った。肌の部分は薄めたミルクみたいな甘い香り。縦ミゾの部分は甘酸っぱい成分が強い。縮れ毛が集うぷっくり盛りあがった陰部は、動物的な生々しさがあった。

彼女がいつ入浴したか、あるいは股間をシャワーで清めたかはわからないが、少なくとも会社にきてからは何もしていないはず。最短でも四、五時間ぶんの生活臭、生物臭があるはずだ。

(たしか、もうすぐ生理のはずだ)

だから陰部がここまで匂うのだろう。

「ああ、いやぁ……」

いつもより念入りに嗅ぎ回られ、沙百合がヒップをくねらせて嘆く。かなりの羞恥にまみれているようだが、そんなのはほんの序の口だった。

次はクンニリングスというのが、これまでのパターンである。しかし、その前に宇喜田は尻肉の裂け目に両手の指をかけ、思いっきり左右に開いた。

「キャッ！」

悲鳴があがると同時に、割れ目が焦って閉じようとする。もちろんそんなことは許さない。

むわっ——。

蒸れた甘酸っぱさが湯気のごとく香る。鼻腔に流れ込んでくるぶんだけでは飽き足らず、宇喜田は鼻面をクレバスに差し入れて、馥郁《ふくいく》たる恥臭を深々と吸い込んだ。

「だ、駄目……あああ、やだぁ」

懸命に尻をくねらせる沙百合の努力は、男の力によって無にされた。がっちりと摑まれたモチモチの尻肉は、それこそ鷹が捕らえた獲物のごとく、手からはずれることはなかった。

　そのため、可憐なツボミの周囲まで、容赦なく嗅がれることになる。

「ここ、どんな匂いがするか、わかるかい?」

　宇喜田の問いかけに、桃肌がピクッとわななく。

「こ……ここって?」

「沙百合のおしりの穴だよ」

　告げるなり、アヌスがキュッとすぼまる。

「し、知りませんっ!」

「心配しなくても、ちゃんと綺麗にしてるみたいだから、イヤな匂いは全然しないよ。ただ、どういうわけかいつも同じ匂いがするんだ」

「いやぁ……ど、どんな匂いがするっていうんですか?」

　宇喜田は沙百合も知っているであろう乳酸菌飲料の商品名を告げた。

「イヤっ、そんなの噓ですッ」

　涙声で否定されても、本当なのだから仕方ない。

「噓じゃないよ。ひょっとして愛飲してるのかい?」

「知りませんッ！」

「そうじゃないんなら、たぶん沙百合の腸の中には健康な乳酸菌がたくさんあって、あれと同じものを作っているんじゃないのかな」

「ああ、も、バカぁ」

「すごく可愛いよ、沙百合のおしりの穴――」

告げるなり、宇喜田は秘肛をねろりと舐めた。

「はひッ」

沙百合が喉を裂くような鋭い声を発し、臀部を強ばらせた。続けてレロレロと舌の口撃を受け、肌に細かな粒をパアッと散らす。

「いや、ア――駄目ダメ、く、くすぐったいーっ」

だが、そればかりでもないふうに、ツボミが物欲しげにすぼまる。舌をぴったり当てると、吸い込むようにムグムグと蠢いた。

「あうう、も、ヘンタイぃ」

なじられても、宇喜田は平気だった。そうやって彼女を辱める存在として、自分は選ばれたのである。期待されたとおりのことをしなくてはならない。

アヌスが充分にほぐれたのを見計らい、尖らせた舌先を中心へ送り込む。放射状のシャッターがわずかに開き、少しだけ受け入れてくれた。

「あふっ、う、くううう」

呻く沙百合が尻肌をわななかせ、ツボミを忙しく収縮させる。そのとき、スッと軽やかな空気の流れを舌に感じた。

（え、今のは――）

腸内のガスが漏れたのだと、すぐに理解する。一瞬、香ばしい醗酵臭を嗅いだ気がしたが、すぐに消えてしまった。

半ば強制的というか、ほとんど事故とはいえ、恥ずかしいオモラシをしたことに沙百合も気がついたようだ。

「イヤイヤ、あああ……」

身も世もなく嘆き、秘肛をキュッキュッとすぼませる。ひょっとしたら彼女にとって、これまでで最も恥ずかしい仕打ちだったのではないだろうか。

（ああ、可愛い）

羞恥反応に胸がはずむ。愛しさと、もっと辱めたいという気持ちが入り交じり、宇喜田は顔面騎乗もかくやというほどに顔を尻にめり込ませた。お肉のもっちり感と心地よい窒息感にうっとりし、いっそう激しく尻穴を吸いねぶる。

「あああ、だめ……しないでぇ」

嘆きが弱々しくなる一方で、艶尻全体がピクピクと痙攣を著しくする。しつこいアナル責めに性感が研ぎ澄まされてきたようだ。括約筋も舌を捕まえようとしつこく締めつけてくる。

と、腿に落ちる温かな雫に気がついて、宇喜田は顔をはずした。視線を下に向け、ギョッとする。

多量の液体が、いつの間にか太腿をべっとりと濡らしていた。薄白いそれがいったいどこからこぼれたのかと、視線を動かせばしとどに濡れそぼった恥唇が目に入った。合わせ目ばかりか周囲の肌や内腿も湿らせ、さらに大きな雫が糸を引いて垂れていたのである。

（こんなに濡れたのか——）

アナル舐めで垂れた唾液も混じっているだろうが、大部分は性器からこぼれたものだ。なぜならそれは透明ではなく、白く濁っていたから。

花弁は合掌するようにぴったり重なっている。この中はどうなっているのかと恐る恐る開いてみれば、膣口から粘っこい白濁液がドロリと溢れ出た。それこそ、中出しされた精液に匹敵するような量が。

（おしりの穴を舐められただけで、こんなになるなんて……）

いつもよりねちっこく愛撫したのはたしかである。それにしても、ここまで愛液を溢れさせるとは。

灰色の殺風景な屋上の景色が、ふたりの周囲だけ淫ら色に染まっている。そこがどこかなんて関係なく、男女はケモノになっていた。

牡の獣欲《じゅうよく》を煽る媚臭がプンと香る。触れてもいないのに包皮を脱いだクリトリスにも憐憫を誘われ、宇喜田はターゲットを秘唇に変更した。トロトロと薄白い欲望汁をこぼすところにむしゃぶりつく。

ぢゅぢゅぢゅぢゅ——ッ！

溜まっていたぶんを一気にすすると、沙百合がヒップをカクカクと揺すりあげた。

「きゃううう、そ、そこぉッ！」

あられもないよがり声が、あたりの換気扇の音をかき消すほどに響いた。

蜜というよりヨーグルトに近いラブジュースは、味も甘みと酸味が混じったものであった。舌で掻き出し、喉を鳴らしてすすり込んでも、絶えることなく膣奥からジワジワ滲み出てくる。

「はふッ、あ、ああッ、ひゃうう」

煽情的な艶声に合わせて、女芯がきゅむきゅむと収縮する。だが、まだ物足りなさそうな反応だ。

秘穴を舌で攪拌《かくはん》しながら、宇喜田は指でクリトリスをこすった。

「くうううう、ふはッ、駄目ぇええぇッ!!」

むっちりと女らしい下半身が、鞭打《むちう》たれたみたいに跳ねる。ふくらんで硬くなった肉芽を二本の指で摘み、クリクリと摩擦することで、悦楽反応はいっそう激しくなった。

「あふっ、は、はふっ、ウ――」

肺の空気がせめぎあって口から洩れているようだ。膝も浅い屈伸運動を示し、このまま続けていればイクに違いないと確信したとき、

「あ、あああ、駄目らめ、ぇ――くううう、ひグぅッ！」

沙百合が絶頂を極める。徐々にではなく、高速エレベーターで一気に上昇したかのようなオルガスムスだ。それゆえに、脱力感も大きかったらしい。

「あああ……」

沙百合がガクッと膝を折る。そのまま崩れ落ちそうになるのを、宇喜田は慌て

て支えた。

「あふっ、はふッ、はぁ――」

息を荒らげる彼女は、すぐにでも床に転がってしまいそうだ。だが、裸身を横たえるには、そこはあまりに汚れ過ぎている。

どうにか支えられないかと考えて、咄嗟に思いつく。最適な「つっかい棒」があるではないか。

宇喜田は素早く立ちあがり、すでに硬くそそり立っていたペニスを、濡れ開いた淫唇ににゅるりと挿入した。

「あはぁッ!」

沙百合がのけ反り、脚をピンとのばす。両手で壁につかまり、崩れかけた裸体を立て直した。

あまりに濡れすぎていたためか、膣内は柔ヒダの佇まいも、締まり具合さえわからないぐらいであった。これでは抽送しても快感を得られそうにない。

一度抜いて、愛液を拭ってから挿入し直そうかと、宇喜田は考えた。だが、試しに二往復ほどさせただけで、女窟は普段の居心地を取り戻した。

「あ、ああッ、もっとぉ」

沙百合が背中を弓なりにしてよがる。臀裂がすぼまり、内部も肉棒を捉えるかのようにキュッキュッと締まった。

(うわ、すごい)

あるいは、普段以上に狭まっていたかもしれない。

ピストンを繰り出すことで、雁首で掻き出された淫蜜がぐちゅりとこぼれる。それは宇喜田の陰嚢や鼠蹊部を温かく濡らした。

「あ、あ、ああ、はあッ、感じる——もっとぉ」

ヒップをなまめかしく振り立て、女体が激しい結合をねだる。その動きを封じるように、宇喜田は豊臀を両手でがっちり摑むと、力強く下腹をぶつけた。

パンッ、パンッ、パンッ、パンッ——。

丸い肌にぷるんと波がたつ。宇喜田は一心に腰を振り、セックスの音を高らかに打ち鳴らした。

「あひっ、ああッ、はあっ、あ、気持ちいい」

沙百合も裸身に汗の粒を光らせ、再び頂上へと向かった。

「気持ちいいのかい、沙百合」

「あ、あああ、いいのぉ」

「こんな外で、裸になって、いやらしいことをしているのに？」

「いいの、いいの、感じるぅ」

「なんていやらしい子だ」

宇喜田はくねる肉尻をぴしゃりと叩いた。それにも痛みより快感を得ているのか、沙百合が「きゃふぅ」と甲高く啼く。

「どこが気持ちいいんだい？」

「あ、いやぁああ……お、ぉまんこ」

「もっと大きな声で」

「あああ、おまんこォ」

「どうして気持ちいいんだい？」

「あうう、ち、チンチン……課長のおチンチンが、お、ぉまんこを犯してるのぉ」

卑猥な言葉を口にして、「う、ううッ」とむせび泣く。ピンクに染まった肌は牝のフェロモンを振り撒き、青空すらも淫ら一色に染めるようだ。

（ああ、沙百合……これっきりだなんて）

不意に悲しみがこみ上げる。これからも彼女と繋がりたい、心ゆくまで快楽を貪りたいという思いが募る。

だが、それは許されないのだ。

せめて彼女の中に行為の証しを残しておきたい。宇喜田は終末を目指し、限界までピストンの速度をあげた。

パン、パン、パン、パン、パン、パツ、パチュン——。

湿った音がビートを刻み、快感曲線が右肩上がりで上昇する。

「あ、あ、あ、あっ、あふ、はッ、ああっ」

沙百合の喘ぎもはずみ、弓なりになった背中の肩甲骨が浮きあがった。

「い、いい、いいの、いいのぉ」

抉られる女芯がぢゅぷぢゅぷと卑猥な粘つきをこぼし、それに煽られるように若い女も愉悦の境地に舞った。

「あふ、あくぅう、ま、またイッちゃう」

波打つヒップが谷をすぼめ、出入りする牡根を締めつける。肉胴にまつわりついていた白い粘液が、いつの間にかピンク色に染まっていることに宇喜田は気がついた。

（生理が始まったんだな）

ザーメンを膣奥に流し込み、自身のシルシを彼女の中に残したいと考えた。だが、それも無駄なようだ。おそらくすべて、経血と一緒に流れ出てしまうのだろう。

もちろんそれは、生理が始まらなくても同じことである。いずれはすべて排出されてしまうのだ。

だが、たった一匹の精子でも、ほんの一片の細胞でも、子宮のどこかにとどまることを宇喜田は期待していた。けれどそれは、いい年をしてみっともなく抱いた、情けないセンチメンタリズムでしかない。

（ふっ切ろう。それしかないんだ）

今一度決心し、限界まで強ばった分身を出し挿れする。心地よい粘膜に刺激され、いよいよ高みが見えてきた。

「ああ、いく、イッちゃう、く——ふぅううううッ！」

沙百合がのけ反り、長く尾を引くよがりをあげる。離すまいと締めつけた牝膣に最後の別れを惜しみ、宇喜田は自身を解放した。

「うああ、あ、出る——」

目がくらみ、膝が笑う。腰をぎくしゃくと不格好に動かしながら、悦びの果てへと昇りつめる。

びゅくんッ——!!

最初のほとばしりが放たれた瞬間、宇喜田の目から涙がこぼれた。

エピローグ

（やっぱり慣れないな……）

いつもの満員電車。愛する妻や娘が待つ家へと向かっているのに、その喜びを蔑《ないがし》ろにするほど車内は不快だった。

渦巻く様々な匂い。体臭や口臭。不愉快なくさい足。コロンや香水の鼻につく人工臭。汗や皮脂の動物的な生ぐささ。

耳鳴りのような電車のモーター音。イヤホンやヘッドホンから洩れるうざったいリズム。場所をわきまえないうるさいおしゃべり。

密着する見知らぬ他人。はみ出した耳毛や鼻毛。汗ジミの浮いたシャツ。フケが混じった髪。

味覚以外の五感が辟易する環境は、出来れば一生に一度だけで済ませたい。ところが、これを平日に二度もやり過ごさなければならないのだ。

ストレスフルな状況も、けれど以前よりはマシになっただろう。決して慣れたわけではない。仕方ないと諦めたというか、状況は状況として受け入れることにしたからである。

不快であるのは間違いない。だが、それは車内の誰もが同じなのだ。自分が誰かに負の感情を抱くように、自分も誰かを嫌な気分にさせているかもしれない。

要はお互い様ということ。だから、できるだけ迷惑をかけないよう、誰かを不快にさせないよう、気を配ればいい。

そうやって他人のことを考えるようにしたら、何となく気持ちが楽になった。以前は痴漢に間違われないようにと、必死に両手を挙げていた。だが、それこそ自分のことしか考えていない行動だった。

そんなふうに何かを避けようとするのではなく、あるものを受け入れればいい。自然にしていれば、痴漢に間違われることだってないのだ。

そうして両手をおろし、気を楽にすることで、ストレスはかなり軽減された。もちろん、なるべく女性と密着しないよう、注意はしていたが。

沙百合を相手にストレスを発散することがなくなったが、今はもう大丈夫だ。

帰ったら、言葉らしき声を発するようになった娘と遊んでやろう。そして夜は、妻とどんなことを話そうか、どんなふうに可愛がってやろうか——。

そんなことを考えていれば、なんとなく楽しくなる。

電車が駅に入る。ドアが開き、人波が溢れ出る。そして、人波が入り込む。宇喜田の前に、新たな乗客がすべり込んできた。柔らかなボディが密着し、すぐに女性だと気づく。

こんなときでも、以前のように慌てることはない。手の位置に注意して、動かせなかったらポケットにしまう。まともにからだを重ねる体勢にならないよう、少し斜め向きになる。

相手の顔はなるべく見ない。間近で見るほうも、見られるほうも、いい気分はしないからだ。

そうやって万全のポジションを整えたところで、（おや？）と思う。鼻腔に流れ込んできた香りに憶えがあったからだ。

（まさか——）

向き合って視線を合わせると、彼女がニッコリほほ笑んだ。

「お久しぶりです、課長」

懐かしい笑顔を見せてくれたのは、沙百合であった。


「元気?」

「はい、元気です」

「仕事は順調かい?」

「おかげさまで。紹介していただいた会社、本当にいいところです。活気があって、皆さんとても優しくて、仕事のしがいがあります」

「それはよかった」

ふたりは声をひそめて会話をした。周囲の迷惑にならないよう、と言うより、聞かれたくなかったというのが正しい。たわいもないやりとりでも、自分たちにはとても大切なことなのだから。

「それで、恋人はできた?」

さらに声を抑えての問いかけに、沙百合の頬が染まる。小さく、それも、ほとんど目だけでうなずいた。

「よかった……いいひとかい?」

「はい。とても優しくて、わたしの夢も笑わずに聞いてくれて、是非いっしょに実現したいって言ってくれました」

　本当に嬉しそうな表情に、宇喜田の頬も弛む。だが、ほんのちょっぴりだけ、胸の奥がチクッと痛んだ。

　それを打ち消すように、大きくうなずく。

「よかったね。おめでとう」

「ありがとうございます」

　今度は沙百合が宇喜田に質問をする。彼の家族のことを。

「木乃実ちゃん、もうおしゃべりはするんですか?」

「言葉っていうより、声ってレベルだけどね。何かを訴えようとするのがいじらしいというか、まあ、可愛いなって」

「うらやましいです。わたしも早く子供が欲しいわ」

「そんなに焦らなくてもだいじょうぶだよ。まだ若いんだから」

「だけど、わたしもう、二十八です」

「麻紗美が木乃実を産んだのは、三十四歳のときだよ」

　いつしか周囲の人間が視界に入らなくなる。人込みの中で、ふたりは懐かしさ以上の感情に包まれていた。

（まずいな……）

肉体の一部が変化しつつあることに、宇喜田は困惑した。沙百合と向き合ってぴったりくっついているから、彼女に気づかれてしまう。

（まあ、今さら知られても、どうってことはないんだが）

それでも、屋上でのあれを最後にと別れたのだ。こんな状況で昂奮状態を示すのは、あまりに節操がないし、みっともない。

どうにか鎮めなければと、懸命に欲望を追い払おうとしたとき、沙百合が不意に目を伏せた。頬が恥じらいの色に染まっている。

（まさか気づかれたんじゃ――）

いや、まだそこまで大きくなっていないはずだ。

いったいどうしてと訝る宇喜田に、沙百合は目を伏せたままそっと囁いた。

「なんだか……すごく恥ずかしいです」

「え、どうして?」

「だって……」

逡巡したのち、今度は宇喜田の目をしっかり見つめて、沙百合は答えた。

「課長とこんなふうに正面を向いてくっついたことって、一度もなかったから」

言われて、たしかにそうだったなと思い出す。

(だからおれも勃起したわけか)

何度も快楽を貪りあったのに、ただ密着しただけで昂奮したのは、かつて一度もなかった位置関係だったからだ。それを肉体のほうが悟り、新鮮さを覚えたのだろう。

(じゃあ、ひょっとして沙百合も——)

昂奮状態にあるのかと気になる。宇喜田は思い切って、自分のことを打ち明けた。

「実はおれもなんだ」

「え?」

「沙百合と向かい合っただけで変な気分になって、それで——」

皆まで言わずともわかったはずだ。完全にそそり立ったものが、柔らかな下腹にめり込んでいたのだから。

「あ——」

沙百合が小さな声を洩らし、耳たぶまで赤くする。モジモジしながらも、その部分に手を差し入れた。

「く——」

宇喜田は奥歯を嚙んで呻きを抑えた。彼女の手がズボン越しにであるが、牡の高まりを握ったのである。

「硬いわ……」

そっとつぶやき、くるみ込んだ指に強弱を加える。悦びが火花のごとくスパークし、危うく声を出しそうになった。

「沙百合はどうなってるの？」

荒ぶる息の下から訊《たず》ねれば、瞳を泣きそうに潤ませて答える。

「わたしも……濡れてます」

それを聞くなり、宇喜田の手は彼女の股間にのびた。穿いていたのはスカートではなくパンツで、厚ぼったい布の上から探ったにもかかわらず、指先は蒸れた熱さを捉えた。

「あん、駄目」

沙百合がか細くなじり、腿をキュッと閉じる。だが、指の動きを完全に封じることはできなかった。

（こんなに——）

気のせいではなく、そこがわずかに粘ついている。愛液が外側にまで滲み出ているということなのか。

頭に血が昇り、宇喜田はつい敏感な部位をまさぐってしまった。沙百合が「あぁ」と掠れた喘ぎをこぼすのもかまわず。

「だ、駄目です、課長――」

などと言いながら、彼女も勃起の形状を指でなぞり、握り込んで小刻みにしごいたのである。

（たまらない……）

満員電車内でのまさぐりあい。向かい合った男女が顔を赤くして息をはずませていれば、何かあるものと周囲に気づかれるだろう。

にもかかわらず、最初に電車内でセックスをしたときのように、宇喜田はすっかり舞い上がっていた。いっそこのまま下半身をあらわにし、沙百合と交わりたい心持ちにすらなったのである。

そのとき、聞き取りづらいアナウンスが天井のスピーカーから流れる。

『次はー×××ー××ー、お出口ー右側になります』

宇喜田が降りる駅のひとつ手前だ。そして、

「わたし、次で降りますから」

沙百合が息をはずませて告げる。宇喜田は我に返った。

「あ、ああ」

慌てて股間の指をはずすと、彼女もズボンのふくらみから手を離した。それでようやくひと息つく。

「……今日は、たまたまこの時間の電車に乗ったんです。ウチは終業時刻が早いから、普段はこういう混んだ電車に乗らなくて済むんです」

「そう……」

それはつまり、もう二度とこういう出会いはないということだ。

不意に激しい衝動にかられる。だが、宇喜田は胸に湧きあがる感情を必死で封印した。

（おれたちは、もう終わったんだ――）

自分には妻が、娘がいる。沙百合にも恋人がいる。自堕落な欲望に負けて皆を裏切ってはならない。悲しませてはならないのだ。

電車が駅にすべり込む。あとほんの少しで、本当のお別れだ。

「あの、課長」

沙百合も同じ気持ちだったのか、真剣な眼差しで呼びかける。

「なんだい？」

「最後にひとつだけ、わがままを言っていいですか？」

「ああ、なんだい」

「キスしてください」

そのとき、ドアが開いて人波が動きだす。

宇喜田は咄嗟に沙百合を抱きしめ、唇を重ねた。わずか二秒。そして、すぐに彼女を離す。

「課長、わたし——」

沙百合は告げようとした言葉とともに人波に呑み込まれ、あっという間に車外に押し出された。


走り出した電車の窓に、自分の顔が映っている。宇喜田はどこか疲れたそれを、ぼんやりと眺めていた。

最後に沙百合は、何を言いたかったのだろう。考えかけて、すぐに諦める。そんなこと、わかるはずがないじゃないか。

車窓の外を流れる街の灯が郷愁を誘う。だが、今の彼にとっては、灯は沙百合そのものであった。

決して手が届くはずもなく、ただ去りゆくのみ。けれどそこには暮らしがある。自分ではない、ひとの営みがある。

未練を断ち切ろうして、宇喜田はそっと唇に触れた。そこにはまだ、沙百合の感触が残っていた。

そして、ようやく気づく。

(あれがおれたちの、最初で最後のくちづけだったんだ――)

◎本作品はフィクションであり、文中に登場する個人名や団体名その他は全て実在のものとは一切関係ありません。

二見文庫

誘惑《ゆうわく》オフィス

著者　橘 真児《たちばなしんじ》

発行所　株式会社 二見書房
東京都千代田区三崎町2-18-11
電話 03(3515)2311 [営業]
03(3515)2313 [編集]
振替 00170-4-2639

印刷　株式会社 堀内印刷所
製本　合資会社 村上製本所

落丁・乱丁本はお取り替えいたします。
定価は、カバーに表示してあります。

ISBN978-4-576-11085-1
http://www.futami.co.jp/

二見文庫の既刊本

誘惑パラダイス

TACHIBANA,Shinji
橘 真児

三カ月前に結婚した修司は、妻とともに、新しいリゾート地として人気が高まっているある島に旅行に行くことになった。夫婦が宿泊したペンションのスタッフは、離婚して経営を始めた女性オーナーと、その義妹、従妹、娘とそれぞれ美しさを持った女性ばかり。なぜか、彼女たちから次々と誘惑されていく修司だが、その裏には秘密があった――。書き下ろし誘惑官能ノベル。